Patrick Modiano

Rue des boutiques obscures

暗店街

〔法〕帕特里克·莫迪亚诺 著　王文融 译

人民文学出版社

PEOPLE'S LITERATURE PUBLISHING HOUSE

著作权合同登记号　图字 01-2017-3748

Patrick Moniano
Rue des boutiques obscures
© Editions Gallimard，Paris，1978

图书在版编目（CIP）数据

暗店街/（法）帕特里克·莫迪亚诺著；王文融译.
—北京：人民文学出版社，2017（2023.3 重印）
（莫迪亚诺作品系列）
ISBN 978－7－02－012851－8

Ⅰ.①暗…　Ⅱ.①帕…　②王…　Ⅲ.①长篇小说-法
国-现代　Ⅳ.①I565.45

中国版本图书馆 CIP 数据核字（2017）第 107033 号

责任编辑　李　娜　何炜宏
装帧设计　汪佳诗

出版发行　人民文学出版社
社　　址　北京市朝内大街 166 号
邮政编码　100705

印　　刷　凸版艺彩(东莞)印刷有限公司
经　　销　全国新华书店等

字　　数　112 千字
开　　本　889 毫米×1194 毫米　1/32
印　　张　8　插页 5
版　　次　2017 年 8 月北京第 1 版
印　　次　2023 年 3 月第 5 次印刷

书　　号　978-7-02-012851-8
定　　价　75.00 元

如有印装质量问题，请与本社图书销售中心调换。电话:01065233595

目　录

献给吕迪

献给我的父亲

一

　　我什么也不是。这天晚上，我只是咖啡店露天座上一个淡淡的身影。我等着雨停下来，这场大雨是于特离开我时开始下的。

　　几小时前，我们在事务所见了最后一面。于特像往常一样坐在笨重的办公桌后面，但穿着大衣，让人觉着他真要走了。我坐在他对面那张供主顾坐的皮扶手椅里。乳白玻璃灯光线很强，晃得我眼睛睁不开。

　　"好吧，居依……结束了……"于特叹了口气说。

　　办公桌上摊着一份卷宗。可能是那个目光惊愕、面部浮肿、棕色头发的小个子男人的卷宗，他委托我们跟踪他的妻子。每天下午，她去与保尔-杜梅林荫大道相邻的维塔尔街一家酒店式公寓，和另一个棕色头发、面部浮肿的小个子男人会面。

　　于特若有所思地抚摸着胡子，一把短短的、盖住了双颊的花白胡子。一双浅色大眼睛茫然若失。办公桌左边是我工作时坐的柳条椅。

身后，一排深色木书架占去了半面墙，上面整整齐齐摆放着最近五十年的各类社交人名录和电话号码簿。于特常对我说这些是他永不离开的不可替代的工具书，这些人名录和电话号码簿构成最宝贵、最动人的书库，因为它们为许多人、许多事编了目录，它们是逝去世界的唯一见证。

"你怎么处理所有这些社交人名录呢？"我手臂一挥指着书架问道。

"居依，我把它们留在这儿。我没有退掉套房租约。"

他迅速环顾四周。通向邻室的双扉门开着，看得见里面那张绒面磨旧了的长沙发、壁炉、映出一排排电话簿和社交人名录以及于特脸部的镜子。我们的主顾经常在这间屋子里等候。地板上铺着一块波斯地毯，靠近窗户的墙上挂着一幅圣像。

"居依，你在想什么？"

"没想什么。这么说，你保留了租约？"

"对。我不时会回到巴黎来，事务所就是我落脚的地方了。"

他把香烟盒递给我。

"我觉得保留事务所的原状心里会好受些。"

我们在一起工作已八年有余。一九四七年他创办了这家私人侦探事务所，在我之前与许多人共过事。我们的任务是向主顾提供于特所说的"社交情报"。他很乐意地一再说，一切都发生在"上流社会人士"之间。

"你认为你能在尼斯生活吗？"

"能呀。"

"你不会厌烦吗？"

他吹散了自己吐出的白烟。

"居依，总有一天得退休的。"

他身子笨重地站了起来。于特大概体重有一百多公斤，身高一米九五。

"我的火车二十点五十五分开。我们还有时间喝一杯。"

他在我前面顺着过道走到衣帽间。这衣帽间奇怪地呈椭圆形，浅灰褐色的墙壁已褪了色。一个装得太满合不上的黑色皮包放在地上。于特拿起皮包，用一只手托着它。

"你没有行李吗？"

"我提前寄走了。"

于特打开大门，我关上衣帽间的灯。在楼梯口，于特迟疑片刻，然后关上了门。听到这金属的咔嗒声，我的心缩紧了。这声音标志着我生命中一个漫长时期的结束。

"这叫人情绪低落，是吧，居依？"于特对我说，他从大衣口袋里掏出了一方大手帕，用它擦了擦额角。

那块长方形黑色大理石牌子依然在门上，牌子上用饰以闪光片的金色字母刻着：

C. M. 于特
私人侦查所

"我留下它。"于特对我说。

然后他锁了门。

我们沿着尼耶尔林荫道一直走到珀雷尔广场。天黑了下来，尽管已进入冬季，空气还很暖和。我们在珀雷尔广场绣球花咖啡馆的露天座上坐了下来。于特喜欢这家咖啡馆，因为它的椅子"和以前一样"饰有凹槽。

"你呢，居依，你有什么打算？"他喝了一口加水白兰地，然后问我道。

"我吗？我找到了一条线索。"

"一条线索？"

"对。有关我过去的一条线索……"

我用故作庄重的语气讲了这句话，他听了微微一笑。

"我一直相信总有一天你将寻回你的过去。"

这一次他是郑重其事的，这使我很感动。

"可是你看，居依，我在考虑是否真值得这样做……"

他沉默了。他在想什么？他本人的过去？

"我给你一把事务所的钥匙。你可以不时去一趟。这样我会高兴的。"

他递给我一把钥匙，我把它塞进裤兜里。

"往尼斯给我打电话吧。告诉我……你过去的事……"他说，站起来和我握手。

"要不要我陪你上火车？"

"哦！不，不……这太叫人伤心了……"

他一大步就跨出了咖啡馆，免得再回头，我感到心里空落落的。这个人对我恩重如山。十年前，当我突然患了遗忘症，在迷雾中摸索时，如果没有他，没有他的帮助，我不知会变成什么样子。我的病情感动了他，他甚至依靠众多的关系为我搞了一个身份。

"拿着，"他一边对我说，一边递给我一个大信封，里面有张身份证和一本护照，"现在你叫'居依·罗朗'了。"

我是来向这位侦探讨教，请他施展才干为我的过去寻找见证人和蛛丝马迹的。他补充说：

"亲爱的'居依·罗朗'，从现在起，不要再朝后看了，想想今天和未来吧。我建议你和我一道工作……"

他之所以同情我，是因为——事后我听说——他也失去了自己的踪迹，他的一部分身世突然间好似石沉大海，没有留下任何指引路径的导线，任何把他与过去联系起来的纽带。我目送这位身着旧大衣、手提黑色大公文包的筋疲力尽的老人在夜色中渐渐远去，在他和过去的网球运动员，英俊的、一头金发的波罗里海男爵康斯坦丁·冯·于特之间，哪有什么共同之处呢？

二

"喂！是保尔·索纳希泽先生吗？"

"正是。"

"我是居依·罗朗……你知道……"

"是呀，我知道！我们能见面吗？"

"行呵……"

"比方……今晚九时左右在阿纳托尔-德拉弗日街……对你合适吗？"

"一言为定。"

"我等你。一会儿见。"

他啪嗒一声挂了电话，汗水顺着我的两鬓往下淌。刚才我喝了一杯白兰地给自己壮胆。为什么在电话机上拨个号码这样微不足道的事，我做起来这么难，这么怕呢？

阿纳托尔-德拉弗日街的酒吧里一个顾客也没有，他身穿外出时的服装站在柜台后面。

"算你运气好，"他对我说，"我每星期三晚上休息。"

他朝我走来，把手搭在我的肩头。

"我非常想念你。"

"谢谢。"

"我的确惦记着这件事。你知道……"

我想对他说别为我操心，但是讲不出口。

"最终我认为你应该和我在某个时期经常见到的一个人十分亲近……但这个人是谁呢？"

他摇了摇头。

"你不能给我提供一点线索吗？"

"不能。"

"为什么？"

"先生，我一点记性也没有。"

他以为我在开玩笑，仿佛这是闹着玩或猜谜语，于是他对我说：

"好吧，我自己想办法。你事事都让我作主吗？"

"可以这么说。"

"那么今晚我领你去一位朋友家吃饭。"

出门前，他猛地拉下电表的闸，关上实心木门，上了好几道锁。

他的车停在对面的人行道上。这是辆黑色的新车。他彬彬有礼地为我打开车门。

"这位朋友在阿夫雷市和圣克卢交界处经营一家挺不错
的餐馆。"

"我们要去那儿?"

"对。"

从阿纳托尔-德拉弗日街,我们驶入大军林荫道,我真
想马上下车。要一直开到阿夫雷市,我觉得受不了,但必
须拿出勇气来。

抵达圣克卢门以前,我一直在和攫住我的恐惧作斗争。
对这位索纳希泽我几乎一无所知。他会不会设个圈套让我
钻呢?不过,听着他讲话,我渐渐放下心来。他向我一一
说出他从业的各个阶段。他先在俄国人的夜总会里工作,
然后在香榭丽舍大街的朗热餐馆和康邦街的卡斯蒂耶旅馆
工作,在经营阿纳托尔-德拉弗日街的酒吧前,他还在其
他餐馆酒店做过事。每一次,他都遇到让·厄尔特这个人,
二十年当中他们成了一对老搭档。我们要去找的正是这位
朋友。他们两人一起准能解开我的"谜"。

索纳希泽驾车十分小心,我们花了将近三刻钟才抵达
目的地。一座平房,左半部被一株垂柳遮住。在右侧,我
看见一丛灌木。餐馆厅堂宽敞,一个人从照得雪亮的大厅
尽头朝我们走过来。他向我伸出手。

"很高兴认识你，先生。我是让·厄尔特。"

接着，他冲索纳希泽说：

"保尔，你好。"

他把我们带到大厅尽头。一张餐桌上摆好三副餐具，桌子中央有一束花。

他指着一扇落地窗说：

"我的顾客在另一座平房里。是婚宴。"

"你从没来过这儿？"索纳希泽问我。

"没有。"

"那么，让，给他看看景致吧。"

厄尔特领我走上阳台，阳台下有一片池塘。左边，一座中国式的小拱桥通向池塘右岸的另一座平房。落地窗照得雪亮，我看见窗后有一对对人在翩翩起舞。一阵阵音乐从那边传过来。

"他们人数不多，"他对我说，"我觉得这场婚礼最终会变成放荡的聚会。"

他耸了耸肩膀。

"你应该夏天来，可以在阳台上进餐，挺舒服的。"

我们回到餐厅，厄尔特关上了落地窗。

"我为你们备了一顿便餐。"

他示意我们坐下。他俩并排坐在我对面。

"你喜欢喝什么酒？"厄尔特问我。

"什么酒都行。"

"佩特吕城堡？"

"让，这个主意好极了。"索纳希泽说。

一位穿白上装的年轻人为我们斟酒上菜。壁灯的光直射在我身上，晃得我睁不开眼。他们俩坐在暗处，大概想把我看个清楚。

"让，怎么样？"

厄尔特吃着肉冻，不时朝我投来锐利的目光。他和索纳希泽一样长着褐色头发，也和他一样染了发。皮肤粗糙，双颊松弛，两片美食家的薄嘴唇。

"是的，是的……"他喃喃自语。

强光下，他眯着眼睛，为我们斟了酒。

"是的……是的……我想我见过先生。"

"这件事的确伤脑筋，"索纳希泽说，"先生拒绝给我们提供线索……"

他似乎突然灵机一动。

"也许你希望我们不再谈这件事？你宁愿隐姓埋名？"

"根本不是。"我微笑着说。

年轻人端来一盘小牛胸脯肉。

"你从事什么职业？"厄尔特问我。

"我在一家私人侦探事务所，C. M. 于特事务所工作了八年。"

他们打量着我，惊得发呆。

"但这一定和我以往的生活毫无关系，所以你们不必考虑它。"

"真奇怪，"厄尔特定睛望着我说，"别人看不出你的年龄。"

"大概因为我留了胡子。"

"你没留胡子的话，"索纳希泽说，"也许我们立即就能认出你来。"

他伸出胳臂，把手平放于我的鼻子上方遮住胡子，然后像肖像画家面对他的模特儿，眯起眼睛注视我。

"我越看先生，越觉着他是一群夜游神中间的一个……"厄尔特说。

"什么时候的事？"索纳希泽问道。

"呵！……很久以前……保尔，我们不在夜总会工作已有很长时间了……"

"你认为这是塔纳格拉夜总会时期的事？"

厄尔特定睛望着我，目光愈来愈强烈。

"请原谅，"他对我说，"你能不能站起来一小会儿？"

我站了起来。他上上下下地打量了我一番。

"对，我想起了一位顾客。你的身材……等等……"

他举起一只手僵在那里，仿佛想留住一个稍纵即逝的东西。

"等等……等等……保尔，我想起来了……"

他露出一丝得意的笑容。

"你可以坐下了。"

他高兴得手舞足蹈。他相信即将说出的事肯定能产生效果。他彬彬有礼地为我和索纳希泽斟了酒。

"是这样……那时总有一个人陪着你，和你个头一般高……也许更高一点……保尔，你想起来了吗？"

"你讲的是什么时候的事？"索纳希泽问道。

"当然是塔纳格拉时期……"

"一位和他个头一般高的人？"索纳希泽为自己重复了一遍，"在塔纳格拉？"

"你想不起来？"

厄尔特耸了耸肩膀。

现在轮到索纳希泽露出得意的笑容了。

"我想起来了……"

"什么？"

"斯蒂奥帕。"

"对呀。斯蒂奥帕……"

索纳希泽朝我转过身来。

"你认识斯蒂奥帕吗？"

"也许认识。"我小心地回答。

"你认识……"厄尔特说，"你常和斯蒂奥帕在一起……我能肯定……"

"斯蒂奥帕……"

听索纳希泽的发音，这一定是个俄国人的名字。

"每次总是他要求乐队演奏《阿拉维尔迪》……"厄尔特说，"一首高加索的歌曲。"

"你记起来了吗？"索纳希泽用力捏住我的手腕对我说，"《阿拉维尔迪》……"

他吹起这首歌的曲调，两眼放光。我也一样，骤然间，我心潮起伏。我似乎听到过这首曲子。

这时，伺候我们吃饭的那名侍者走近厄尔特，向他指了指大厅尽头。

一位女子独自坐在光线昏暗的一张桌边。她身着一条淡蓝色的连衣裙，用手心托着下巴。她在想什么心事？

"是新娘。"

"她在那儿做什么？"厄尔特问道。

"我不知道。"侍者回答。

"你问过她想要什么吗？"

"不，不。她什么也不想要。"

"其他人呢？"

"他们又要了十来瓶克吕格酒。"

厄尔特耸了耸肩膀。

"这事我管不着。"

索纳希泽根本没有注意"新娘"和他们说的话，他一再对我说：

"那么……斯蒂奥帕……你记得斯蒂奥帕吗？"

他那样心神不定，我终于带着神秘的微笑回答他说：

"对，对。有点记得……"

他转向厄尔特，用庄严的声调对他说：

"他记得斯蒂奥帕。"

"我早料到了。"

白上装侍者一动不动地站在厄尔特面前，神情尴尬。

"先生，我想他们要开房间了……该怎么办？"

"不出所料，"厄尔特说，"这场婚宴不会有好结果……嗳，老弟，随他们去吧。这事和我们无关……"

那边的新娘仍然坐在桌边一动不动。她把双臂交叉在胸前。

"我不明白她为什么独自一个人待在那儿，"厄尔特说，"反正这和我们毫不相干。"

他手背一挥，好像在赶一只苍蝇。

"咱们言归正传，"他说，"那么你承认认识斯蒂奥帕？"

"对。"我叹了口气。

"这么说你们属于同一帮人……一帮快活放荡的人，嗯，保尔？……"

"呵！……他们全故世了，"索纳希泽声调悲切地说，"除了你，先生……我很高兴能够给你……给你'确定了位置'……你属于斯蒂奥帕那帮人……我祝贺你……那个时代比我们这个时代美好得多，尤其是人的素质比今天好……"

"尤其是我们那时更年轻。"厄尔特笑着说。

"这是什么时候的事？"我问他们，心怦怦直跳。

"我们记不清日期，"索纳希泽说，"无论如何，这是早八辈子的事了。"

他突然变得十分沮丧。

"有时会有巧合。"厄尔特说。

他站起来，朝大厅一角的一个小吧台走去，给我们带回一份报纸。他翻着报页，终于把报纸递给我，指着上面的这则启事：

"玛丽·德·罗桑的子女、孙子、侄子和侄孙，以及友人乔治·萨谢和斯蒂奥帕·德·扎戈里耶夫宣布，玛丽·德·罗桑于十月二十五日故世，享年九十二岁。

十一月四日下午四时将在圣热纳维耶芙·德布瓦公墓礼拜堂举行宗教仪式并下葬。

十一月五日将在巴黎第十六区克洛德·洛兰街19号俄罗斯东正教堂举行九日弥撒。

不再另行通知。”

"这么说，斯蒂奥帕还活着？"索纳希泽说，"你还与他见面吗？"

"不。"我说。

"你做得对。必须在现时生活。让，给我们来点烧酒吧？"

"立刻就来。"

从这一刻起，他们似乎对斯蒂奥帕和我的过去完全失去了兴趣。不过这没有关系，因为我终于掌握了一条线索。

"你能把这份报纸留给我吗？"我装作无所谓地问道。

"当然。"厄尔特说。

我们碰了杯。这么说，过去的我在这两位酒吧间老板的记忆里只剩下一个身影，它还被另一个叫做斯蒂奥帕·德·扎戈里耶夫的家伙的身影遮去了一半。而这位斯蒂奥帕，照索纳希泽的话说，他们"早八辈子"就没他音信了。

"这么说，你是私家侦探？"厄尔特问我道。

"现在不是了。我的老板刚刚退休。"

"你呢？你继续干吗？"

我耸了耸肩膀，没有回答。

"不管怎样，我非常高兴再见到你。你随时可以来这儿。"

他站起来，向我们伸出手。

"请原谅……我下逐客令了，我还有账要算……还有那些人，他们的放荡……"

他朝池塘那边指了指。

"让，再见。"

"保尔，再见。"

厄尔特若有所思地望着我。他缓缓地说：

"现在你站着，我又回想起别的事……"

"他让你想起什么了？"索纳希泽问道。

"我们在卡斯蒂耶旅馆工作时，有位顾客每天很晚才回来……"

索纳希泽把我从头到脚打量了一番。

"不管怎样，"他对我说，"你有可能在卡斯蒂耶旅馆住过……"

我尴尬地笑了笑。

索纳希泽挽住我的胳膊，我们穿过比来时更暗的餐馆大厅。穿淡蓝色连衣裙的新娘已不在桌边了。外面，我们听到阵阵音乐声和笑声从池塘那一边传来。

"对不起，"我对索纳希泽说，"你能不能再唱一遍那位……那位叫什么来着，总要求演奏的歌曲？"

"那位斯蒂奥帕？"

"对。"

他用口哨吹出那首歌的前面几小节，然后停了下来。

"你会再见到斯蒂奥帕吗？"

"也许吧。"

他用力握住我的手臂。

"请告诉他索纳希泽仍然时常想念他。"

他的目光久久停留在我身上。

"说到底，让也许是对的。你在卡斯蒂耶旅馆住过……你努力回想一下……卡斯蒂耶旅馆，康邦街……"

我转过头去，打开车门。有个人蜷缩在前座上，额头靠着车窗玻璃。我俯下身去，认出了新娘。她睡着了，淡蓝色连衣裙撩了起来，露出半截大腿。

"得把她弄出来。"索纳希泽对我说。

我轻轻摇了摇她，她没有醒。于是，我拦腰抱起她，把她抱出了车子。

　　"总不能把她放在地上。"我说。

　　我一直把她抱到旅店。她的头在我的肩膀上晃来晃去，金黄色的头发抚弄着我的脖颈。她身上有股胡椒的香味，使我回想起什么。但究竟是什么呢？

三

六点欠一刻。我建议出租汽车司机在夏尔-玛丽-维多尔小街等我。我沿这条小街一直走到俄罗斯东正教堂所在的克洛德·洛兰街。

一座二层小楼，窗上挂着薄纱窗帘。右侧有条宽阔的林荫道。我守候在对面的人行道上。

我首先看见两名妇女在小楼临街的门前停下。一位留着褐色的短发，披一条黑羊毛披肩，另一位头发金黄，化了浓妆，戴一顶灰帽子，其形状如同火枪手的帽子。我听见她们在讲法语。

从一辆出租汽车走下一位肥胖的老人，整个谢了顶，有蒙古褶的眼睛下眼袋很大。他走进了林荫道。

左边，从布瓦洛街有五个人朝我走来。前面是两位中年女子，她们搀扶着一位老人，老人面色惨白，身体虚弱，好像是尊干石膏像。走在后面的两个男人面貌相像，一定是父子俩，每人穿一套样式美观的灰色条纹西装；父亲像个自炫其美的男子，儿子一头波浪形的金发。正在这时，一辆轿车在这群人身边刹住，从车子里又走下一位老人，腰板挺直，动作敏捷，披一领罗登厚呢短斗篷，灰色头发理成刷子状。他有军人的风度。他是不是斯蒂奥帕呢？

他们全从林荫道尽头的边门进入教堂。我很想随他们进去，但是我在他们中间会引起他们注意。想到我有可能认不出斯蒂奥帕，我的心情越来越焦虑。

一辆汽车刚刚停在右侧稍远处，从车里下来两个男人和一个女人。男人中有一位个子高大，身穿海军蓝大衣。我穿过街道等着他们。

他们走近了，走近了。我觉得高个男子和另外两个人走上林荫道前曾盯着我看。开向林荫道的彩绘玻璃窗后面，大蜡烛点着了。他低下头跨进对他而言太矮的门。我确信他就是斯蒂奥帕。

出租汽车的马达仍在转着，但驾驶座上没有人。一扇车门半开着，仿佛司机随时会回来。他能去哪儿呢？我环顾四周，决定绕着这片房屋走一圈去找找看。

我在夏尔东-拉加什街一家很近的咖啡馆里找到了他。他坐在一张桌边喝啤酒。

"你还需要很长时间吗？"他对我说。

"噢……需要二十分钟。"

这是位金发男子，皮肤白皙，腮帮子很大，有双凸出的蓝眼睛。我相信我从未见过一个男人有如此厚的耳垂。

"我让计程器继续走没关系吧？"

"没关系。"我说。

他亲切地微微一笑。

"你不怕人偷你的车？"

他耸了耸肩膀。

"你知道……"

他要了一份熟肉酱三明治，一本正经地吃着，一边目不转睛地望着我。

"你在等什么，确切地说？"

"等一个人，他应该从稍远的俄罗斯教堂出来。"

"你是俄国人？"

"不是。"

"这多傻……你该问问他几点出来……这样你可以少花些钱……"

"算了。"

他又要了一杯啤酒。

"你能替我买份报纸吗？"他对我说。

他匆匆在衣兜里找硬币，但我拦住了他。

"请别客气……"

"谢谢。请给我买份《刺猬报》。再次谢谢，嗯……"

我逛了很久才在凡尔赛大街找到一个报摊。《刺猬报》是一种纸张呈奶油绿色的出版物。

他皱起眉头读报，用舔湿的食指翻着报页。我则注视着这个金发碧眼、皮肤白皙的胖子读他的绿色报纸。

我不敢打断他读报。终于，他看了一下他的微型手表。

"该走了。"

夏尔-玛丽-维多尔街，他坐到出租车的驾驶盘前，我求他等等我。我再次守候在俄罗斯教堂前，但在对面的人行道上。

一个人也没有。或许他们全走了？这样我就没有任何机会再找到斯蒂奥帕·德·扎戈里耶夫的行踪了，因为巴黎社交人名录上没有他的名字。林荫道那一侧的彩绘玻璃窗后仍然点着大蜡烛。我认识那位为她做弥撒的老太太吗？如果我常和斯蒂奥帕来往，他很可能向我介绍过他的朋友，其中一定有这位玛丽·德·罗桑。那时她的年纪应该比我们大很多。

他们走进去的那扇门应该通向举行仪式的礼拜堂，我不停地监视着这扇门，它突然打开了，门口出现了戴火枪手帽子的金发女子，后面跟着披黑羊毛披肩的褐发女子。接着是穿灰色条纹西服的父子俩，他们扶着那位石膏老人，老人正和一位相貌如蒙古人的秃顶胖子讲着话。胖子俯下身，耳朵几乎贴到交谈者的嘴边：石膏老人的声音一定细如游丝。他们后面还有些人出来。我窥伺着斯蒂奥帕，心怦怦直跳。

　　终于，他随着最后一批人走了出来。他的高大身材和海军蓝色大衣使我不会失去他这个目标。他们人数众多，至少有四十人。大多数上了些年纪，但我也注意到几位年轻女子，甚至还有两个小孩。他们全待在林荫道上，互相交谈着。

　　眼前的景象好似外省一所学校的操场。面色如石膏的老人坐在一张长椅上，他们一个个轮流来向他致意。他是谁？是报纸讣告里提到的"乔治·萨谢"吗？或者曾是侍从学校的学生？也许在一切分崩瓦解之前，他和这位玛丽·德·罗桑太太在彼得堡或黑海海滨有过一段短暂的恋情？有蒙古褶眼睛的秃头胖子身边也围了许多人。身着灰色条纹西装的父子俩在一群群人之间走来走去，仿佛在社交场上周旋于各个餐桌之间的两名男舞蹈演员。他们显得自命不凡，父亲不时仰面大笑，我觉得这非常失礼。

　　斯蒂奥帕一本正经地和戴灰色火枪手帽的女子谈着话。

他既亲切又恭敬地挽着她的手臂，扶着她的肩头。他原先一定是个美男子。我想他已年届七十。他的脸有些臃肿，前额光秃秃的，但我觉得那只颇大的鼻子和头部的姿态显得十分高雅。至少这是我远距离获得的印象。

时间在流逝。过了近半个小时，他们仍在谈话。我担心其中有人最终会注意到站在人行道上的我。那个出租车司机呢？我大步走到夏尔-玛丽-维多尔街。马达仍在转，他坐在驾驶盘前埋头读那份奶油绿色的报纸。

"怎么样？"他问我道。

"我不知道，"我对他说，"也许还得等一小时。"

"你的朋友还没走出教堂？"

"出来了，可是他在和其他人聊天。"

"你不能叫他来吗？"

"不能。"

他神情不安地用鼓出的蓝眼珠凝视着我。

"你别担心。"我对他说。

"这是为了你……我不得不让计程器继续走……"

我回到面对俄罗斯教堂的我的岗位。

斯蒂奥帕向前走了几米，不再待在林荫道尽头。他站在人行道上，在一群人的中央，他们是戴火枪手帽的金发女子、披黑披肩的褐发女子、有蒙古褶眼睛的秃头以及另外两个男人。

这一次，我穿过街道站在他们身边，背对着他们。讲俄语的绵软的声音包围了我，那个比别人更缓慢、更洪亮的嗓音，是不是斯蒂奥帕的呢？我转过身来。他久久地拥抱那位戴火枪手帽的金发女子，几乎摇晃着她，面孔皱紧了，痛苦地咧着嘴勉强笑了笑。接着他以同样的方式拥抱有蒙古褶眼睛的秃头胖子以及其他人。他要离开了，我想。我一路跑到出租车那里，扑到座椅上。

"快……一直开……到俄罗斯教堂前面……"

斯蒂奥帕仍在讲话。

"我怎么办？"司机问我道。

"你看见那位穿海军蓝大衣的高个子了吗？"

"看见了。"

"如果他上车，必须跟着他。"

司机转过身盯着我看，那双蓝眼睛凸了出来。

"先生，我希望这没有危险吧？"

"你放心。"我对他说。

斯蒂奥帕离开人群走了几步，没有转过身，挥着手臂。其他人僵在那里，目送他走远。戴火枪手灰帽的女子稍稍站在这群人前面，挺着胸，宛若古帆船船首的头像，帽子上的大羽毛被微风轻拂着。

他花了一些时间才打开车门。我想他是弄错了钥匙。等他坐到驾驶盘前，我俯身对出租车司机说：

"你跟着那个穿海军蓝大衣的家伙开的车。"

我希望没有搞错线索，因为没有任何迹象表明这个人确实是斯蒂奥帕·德·扎戈里耶夫。

四

　　跟踪他并不困难：他车开得很慢。在马约门他闯了红灯，出租汽车司机不敢效尤。但我们在莫里斯-巴雷斯林荫大道追上了他。我们的两辆车并排停在一条人行横道线前。他不经意地看了我一眼，正如遇到塞车时并排的驾车者互相对视一样。

　　他把车停放在里夏尔-瓦拉斯大街，邻近皮托桥和塞纳河的最后几栋大楼前。他走进于连-波坦街，我付了出租车的车钱。

　　"先生，祝你好运，"司机对我说，"当心点……"

　　我猜想当我也走进于连-波坦街时，他的目光一直伴随着我。或许他为我担心。

　　夜幕降临。一条狭窄的街道，两次大战间的那种毫无特色的高楼矗立两侧，在于连-波坦街的两端间组成两道长长的正面墙。斯蒂奥帕走在前面，与我相距十米左右。他

29

朝右拐进埃奈斯特–德卢瓦松街，走进一家食品杂货铺。

上前与他攀谈的时刻来临了。这对我是件极为困难的事，因为我很腼腆，而且担心他把我当成疯子。我会嘟嘟哝哝，和他讲话时语无伦次。除非他立即认出我，那样我就可以让他开口了。

他走出杂货铺，手里拿着一个纸包。

"是斯蒂奥帕·德·扎戈里耶夫先生吗？"

他的确吃了一惊。我们俩个头一般高，我因此更加胆怯。

"是我。你是谁？"

不，他没有认出我。他讲法语没有口音。必须拿出勇气来。

"我……我早就想见你……"

"为什么呢，先生？"

"我写……我写一本关于流亡的书……我……"

"你是俄国人？"

这是别人第二次向我提出这个问题。出租汽车司机问过我。说到底，或许我是俄国人。

"不是。"

"你对流亡问题感兴趣？"

"我……我……我写一本关于流亡的书。这是……这是……有个人建议我去看你……保尔·索纳希泽……"

"索纳希泽？"

他照俄语发音说出这个名字。非常柔和，好似风吹过树叶的飒飒声。

"一个格鲁吉亚人的名字……我不认识……"

他蹙起眉头。

"索纳希泽……不……"

"先生，我不想打扰你。只想向你提几个问题。"

"非常高兴……"

他微微一笑，凄凉的笑。

"流亡，一个悲惨的题目……可是你怎么会叫我斯蒂奥帕的……"

"我……不……我……"

"叫我斯蒂奥帕的人大多已故世，剩下的恐怕也屈指可数了。"

"是……那位索纳希泽……"

"不认识。"

"我可以……向你……提……几个问题吗？"

"可以。你愿意去我家吗？我们在家里谈。"

于连-波坦街，我们走过一座通车辆的大门，然后穿过一个大院子，院子四周高楼林立。我们乘坐有双扉门、带铁栅栏的木电梯。由于我们身材高大，而电梯逼仄，我们不得不低着头，各自面向电梯内壁，以免互碰额角。

他住在六楼一套两居室里。他在卧室接待我，自己在床上躺下来。

"请原谅，"他对我说，"天花板太矮了，站着喘不过气来。"

的确，天花板离我的头顶只有几厘米，我不得不低头弯腰。而且，我和他，我们比通邻室的门的门框还高出一头，我猜想他常常撞伤额角。

"如果你愿意，你也躺下吧……"他向我指了指窗边一个浅绿绒面的小沙发。

"请别拘束……你躺着会舒服得多……即使坐着也会觉得是在一个太小的笼子里……不，不……躺下吧……"

我躺了下来。

他开了床头柜上带橙红色灯罩的台灯，它形成一个柔和的光源，在天花板上投下暗影。

"这么说，你对流亡问题感兴趣？"

"非常感兴趣。"

"可是，你还很年轻……"

年轻？我从未想过我可能还年轻。我身边的墙上挂着一面镶金框的大镜子。我注视着自己的脸。年轻吗？

“呵……我可不年轻了……”

片刻的沉默。我们各自躺在房间的一侧，活像两个抽鸦片烟的人。

“我刚参加了一个葬礼，”他对我说，“可惜你没有遇到过谢世的那位老太太……她可以给你讲述许多许多的事……她是流亡贵族中最引人注目的人物之一……”

“是吗？”

“一位非常勇敢的女子。起初，她在塔博山街开了一家小茶馆，她帮助所有的人……这是十分困难的……”

他坐在床沿上，弯腰曲背，双臂交叉于胸前。

“当年我十五岁……如果我计算一下，剩下的人不多了……”

“还剩下……乔治·萨谢……”我随口说。

“活不了多久了。你认识他？”

是那位石膏老人？还是蒙古人长相的秃头胖子？

“听着，”他对我说，“我再也不能谈所有这些事了……我谈起来太伤心……我只能给你看一些照片……后面有姓名和日期……你自己想办法应付吧……”

“谢谢你如此费心。”

他冲我笑了笑。

“我有许多照片……我在后面写了姓名和日期，因为一切都会淡忘……"

他站起来，弯着腰走进邻室。

我听见他打开一个抽屉。他回来时手里拿着一个大红盒子。他席地而坐，背靠着床沿。

"你坐到我身边来。这样看照片更方便些。"

我照办了。盒盖上用哥特式字体镌刻着糖果厂厂主的姓名。他打开盒子，里面装满照片。

"这里有流亡的主要人物。"他对我说。

他把相片一张张递给我，一面念背面的姓名和日期，仿佛在念连祷文，其中俄国人的名字发出特别的音响，时而如铙钹一般响亮，时而如一声哀鸣，或者低得几乎听不见。特鲁贝茨考依。奥伯利亚尼。谢雷麦特夫。加利津纳。埃里斯托夫。奥博朗斯基。巴格拉蒂翁。察夫查瓦泽……有时，他从我手中拿回相片，再看一遍姓名和日期。节日照片。革命很久以后在巴斯克城堡一次盛宴上鲍里斯大会的餐桌。一九一四年一次晚宴的黑白照片上这一张张喜气洋洋的脸……彼得堡亚历山大中学一个班级的照片。

"我的哥哥……"

他愈来愈快地把照片递给我，不再看照片一眼。看来他急于了结此事。突然，我的目光停留在一张照片上，它的纸比其他照片的厚，背面没有任何说明。

"怎么？"他问我道，"先生，有什么令你好奇吗？"

近景，一位老人腰板挺直，微笑着坐在一张扶手椅里。他身后是位眼睛明亮的金发年轻女子。周围是三三两两的人群，大多数只看到背影。靠左边，一位身材十分高大的男子，穿一套浅色方格细呢西装，年纪三十上下，黑头发，细细的唇髭，一只手搭在金发年轻女子的肩头，右臂被照片的边缘切去了。我真的以为这就是我。

我靠近了他。我们背靠床沿，在地上伸直了腿，肩膀贴着肩膀。

"告诉我这些人是谁？"我问他道。

他拿起照片，神情疲惫地注视着它。

"他是乔吉亚泽……"

他向我指着坐在扶手椅里的老人。

"他曾在格鲁吉亚驻巴黎领事馆，直到……"

他没有把话说完，仿佛我应该立即明白下文。

"她呢，是他的外孙女……大家叫她盖……盖·奥尔洛夫……她和父母流亡到美国……"

"你认识她吗？"

"不大熟悉。不。她在美国待了很久。"

"他呢？"我指着照片上的自己，用失真的声音问道。

"他？"

他蹙起眉头。

"他……我不认识他。"

"真的？"

"不认识。"

我大大吸了一口气。

"你不觉得他像我吗？"

他注视着我。

"他像你？不。为什么？"

"不为什么。"

他递给我另一张相片。

"拿着……事有凑巧……"

这是一位小姑娘的相片。她身穿白色连衣裙，留着长长的金黄头发，相片是在海水浴疗养地拍的，因为上面有更衣室、一片沙滩和海水。背面用紫墨水写着："玛拉·奥尔洛夫，于雅尔塔。"

"你看……这是同一位……盖·奥尔洛夫……她名叫玛拉……她还没有取美国名字……"

他向我指了指我一直拿着的另一张照片上的年轻金发女子。

"我母亲保留了所有这些东西……"

他突然站起来。

"我们停下来你不介意吧？我头有点晕……"

他用手摸了摸额头。

"我去换衣服……如果你愿意，我们可以一起吃晚饭……"

我独自坐在地上，身边散落着相片。我把相片装进大红盒子，只留下两张放在床上：我站在盖·奥尔洛夫和老乔吉亚泽身边的那张和童年的盖·奥尔洛夫在雅尔塔的那张。我站起来，走到窗前。

天黑了。窗户开向另一个四周有楼的大院子。远处是塞纳河，左边是皮托桥以及向前延伸的岛。桥上车辆川流不息。我注视着大楼的这一个个正面，照得通明的这一扇扇窗户，它们和我面前的窗户一模一样。在这迷宫似的楼群、楼梯和电梯中，在这数百个蜂窝中间，我发现了一个人，或许他……

我把额头贴在窗玻璃上。下面，一团黄光照亮每座大楼的入口，彻夜不熄。

"餐馆就在旁边。"他对我说。

我拿起留在床上的两张照片。

"德·扎戈里耶夫先生，"我对他说，"你能不能把这两张照片借给我？"

"我送给你。"

他向我指着红盒子说：

"我把所有照片都送给你。"

"可是……我……"

"拿着吧。"

他用了命令口气，我只好从命。我们离开了套房，我把大盒子夹在腋下。

到了楼下，我们沿克尼格将军滨河路往前走。

我们走下一个石扶梯，在那儿，紧挨塞纳河边，有座砖房。门上方有块招牌："岛酒吧餐厅"。我们走进去。一间大厅，天花板很低，有一些铺着白桌布的桌子和一些柳条扶手椅。凭窗可看到塞纳河和皮托的灯光。我们在大厅尽头坐下。我们是唯一的顾客。

斯蒂奥帕在兜里翻寻，把我见他在食品杂货铺买的那包东西放在桌子中间。

"和往常一样？"侍者问他道。

"和往常一样。"

"先生呢？"侍者指着我问。

"先生和我吃一样的东西。"

侍者很快给我们端来两盘波罗的海鲱鱼，又在小酒杯里倒了矿泉水。斯蒂奥帕从桌子中间的包里拿出几根黄瓜，我们分着吃了。

"这样行吗？"他问我道。

"行。"

我把红盒子放在我身边的一张椅子上。

"你真不愿意保留所有这些纪念物吗？"我问他。

"不。现在它们是你的了。我把火炬传给你。"

我们默默地吃着。一条驳船驶过，它离我们那样近，我透过窗户看到船上的人也在围着一张桌子吃晚饭。

"这位……盖·奥尔洛夫？"我对他说，"你知道她的近况吗？"

"盖·奥尔洛夫？我想她已经死了。"

"死了？"

"好像是。我大概见过她两三次……我对她不熟悉……我母亲是老乔吉亚泽的朋友。再吃块黄瓜？"

"谢谢。"

"我相信她在美国的生活十分动荡不定……"

"你知不知道谁能向我提供关于这位……盖·奥尔洛夫的情况？"

他向我投来同情的目光。

"可怜的朋友……没有人……也许有一个，在美国……"

又有一条驳船经过，黑黢黢的，速度很慢，仿佛无人驾驶。

"餐后我总吃根香蕉,"他对我说,"你呢?"

"我也一样。"

我们吃了香蕉。

"这位……盖·奥尔洛夫的父母呢?"我问道。

"他们大概死在美国了。到处都死人,你知道……"

"乔吉亚泽在法国没有别的亲人吗?"

他耸耸肩膀。

"可是你为什么对盖·奥尔洛夫如此感兴趣呢?她是你的姐妹?"

他亲切地冲我笑了笑。

"来杯咖啡?"他问我。

"不,谢谢。"

"我也不要。"

他想付账,但我抢先付了。我们走出"岛"餐馆,他挽着我的胳膊登堤岸的扶梯。起雾了。既轻柔又冰冷的雾,清凉的空气沁人心脾,你仿佛觉得在空中飘浮。在滨河路的人行道上,我几乎辨不出几米之外的楼群。

仿佛他是位盲人,我一直把他领到大院子,四周楼梯入口处黄光点点,构成唯一的方位标。他和我握了手。

"还是想办法找到盖·奥尔洛夫吧,"他对我说,"既然你执意要这样做……"

　　我目送他走进大楼亮着灯的前厅。他停下来朝我挥了挥手。我一动不动，大红盒子夹在腋下，好像刚吃完生日点心回来的孩子。此刻我相信他仍在和我讲话，但是夜雾压低了他的声音。

五

明信片上是夏季的英国人散步大道 ①：

> 亲爱的居依，来信已收到。这里的日子毫无变化，但尼斯是座十分美丽的城市，你应该来看看我。奇怪的是，有时我会在一个路口碰到一个三十年未见过面的人，或者我以为已经故世的人。我们彼此都吓了一跳。尼斯是座鬼魂幽灵之城，但是我不希望立即加入它们的行列。
>
> 至于你寻找的那位女子，你最好给贝纳尔迪打个电话：麦克马洪00—08。他与各情报机构保持密切的联系，他将很高兴为你提供情况。

---

① 尼斯城著名的滨海大道。

亲爱的居依，我期待着在尼斯见到你。

关心你的忠实朋友

于特

又及：你知道事务所的房子是供你使用的。

六

一九六五年十月二十三日

调查对象：玛拉·奥尔洛夫，又名盖·奥尔洛夫。

出生日期和地点：一九一四年生于莫斯科（俄国）。父：基里尔·奥尔洛夫，母：伊蕾娜·乔吉亚泽。

国籍：无国籍（奥尔洛夫小姐的双亲和她本人是俄国难民，苏维埃社会主义共和国联盟政府不承认他们为本国侨民）。奥尔洛夫小姐持普通居留证。奥尔洛夫小姐一九三六年从美国来到法国。在美国，她与瓦尔多·布伦特先生结婚，后离婚。

奥尔洛夫小姐先后居住在：

巴黎（第八区）马戏场街 18 号夏托布里昂旅馆；

巴黎（第八区）蒙泰涅大街 53 号；

巴黎（第十六区）利奥泰元帅大街 25 号。

来法国前，奥尔洛夫小姐在美国可能当过舞蹈演员。在巴黎，她生活奢侈，但收入来源不详。一九五〇年，奥尔洛夫小姐因过量服用巴比妥酸剂，在巴黎（第十六区）利奥泰元帅大街 25 号寓所去世。

其前夫瓦尔多·布伦特先生自一九五二年起旅居巴黎，在多家夜总会担任钢琴演奏师。他是美国公民，一九一〇年九月三十日生于芝加哥。居住证号：NO 534HC828。

除这张打字卡片外，还有一张让-皮埃尔·贝纳尔迪的名片，上写：

以上是全部掌握的情况。致以亲切的问候。代向于特问好。

七

玻璃门上，一张招贴宣布：钢琴家瓦尔多·布伦特每天十八时至二十一时在希尔顿饭店酒吧间演奏。

酒吧间客满，没有座位，只在一位戴金边眼镜的日本人的桌边还有一把空的扶手椅。我俯下身问他是否可以坐下，他没听懂，等我坐了下来，他丝毫不予理会。

一些美国或日本顾客走进来，他们互相打招呼，说话声音越来越响。他们停留在桌子之间，有些人一杯在手，靠着椅背或扶手。一位年轻女子甚至高高坐在一位灰头发男人的膝盖上。

瓦尔多·布伦特迟到了一刻钟，他坐到钢琴前。一个胖胖的小个子男人，秃脑门，唇髭稀疏。身穿一套灰西装。他先掉过头来，环视坐得很挤的一张张桌子，然后用右手轻抚琴键，随意而用力弹了几个和弦。我很幸运，坐在离他最近的一张桌边。

他开始弹奏一个曲子，我想是《在老巴黎的堤岸上》。但是谈话声和笑声使人几乎听不见音乐，我虽然离钢琴很近，也捕捉不到全部的音符。他镇定自若地继续弹奏，上身笔直，头向前倾。我为他感到难过：我想在他一生的某个时期，曾有人聆听他弹钢琴。后来他不得已，渐渐习惯了盖住他琴声的嗡嗡响个不停的嘈杂声。如果我讲出盖·奥尔洛夫的名字，他会说什么呢？这个名字会使他暂时放弃继续弹奏乐曲的那种满不在乎的态度吗？抑或它不再唤起他的任何回忆，正如琴声压不住交谈的喧哗？

酒吧间渐渐空了，只剩下我、戴金边眼镜的日本人和原先坐在灰头发男人膝上的年轻女子。现在她坐在酒吧间尽里面一位身穿浅蓝色西服的红脸胖子身边，讲德语，声音很大。瓦尔多·布伦特正演奏一支我十分熟悉的徐缓的曲子。

他朝我们转过身来。

"女士们，先生们，你们愿不愿意我弹些特别的曲子？"他问道，嗓音冷冷的，露出轻微的美国口音。

我身边的日本人没有反应。他纹丝不动，面部很光滑，我担心一阵过堂风会把他从椅子上刮倒在地，因为他真像一具用防腐香料保存的尸体。

"请弹《萨格·瓦罗姆》吧。"尽里面的女子用沙哑的喉咙喊道。酒吧间的灯光暗下来，在有些舞厅，一支慢狐步舞曲的旋律一响，灯光就会变暗。他们借机互相搂搂抱抱，女人的手伸进红脸胖子衬衣的领口，再继续往下伸。日本人的金边眼镜闪着短促的微光。布伦特坐在钢琴前，活像个跳动的机器人：《萨格·瓦罗姆》的曲调要求不停地用力在键盘上奏出和弦。

正当他身后有个红脸胖子抚摸着一位金发女子的大腿，一具日本木乃伊在希尔顿酒吧间的一把扶手椅里坐了好几天的时候，他在想什么呢？什么也不想，我敢肯定。他迷迷糊糊的，愈来愈麻木。我有没有权利使他突然摆脱麻木，唤醒他心中某个痛苦的回忆呢？

红脸胖子和金发女子离开了酒吧间。他们一定去开房间了。男人拉着她的胳臂，她险些绊倒。只剩下我和日本人了。

布伦特又朝我们转过身来，冷冷地说：

"你们要我弹别的曲子吗？"

日本人连眉头也没皱一下。

"先生，请弹《爱的余韵》吧。"我对他说。

他弹起这首曲子，节奏慢得出奇，旋律似乎松垮下来，陷入了沼泽地，音符难以挣脱出来。他有时停止弹奏，仿佛是个筋疲力尽、步履蹒跚的行路人。他看了一下表，蓦地站起来，朝我们点了点头：

"先生们，现在二十一点了。晚安。"

他出去了。我紧随其后，把那具日本木乃伊留在酒吧间的死尸埋葬地。

他穿过走廊，走到空无一人的门厅。

我追上了他。

"是瓦尔多·布伦特先生吗？……我想和你谈谈。"

"谈什么？"

他朝我投来被追捕者的目光。

"谈你认识的一个人……一位叫盖的女子。盖·奥尔洛夫……"

他待在门厅中间一动不动。

"盖……"

他瞪大眼睛，仿佛探照灯的灯光对准了他的脸。

"你……你认识……盖？"

"不。"

我们走出了饭店。一长列男女在等出租车，他们身着颜色刺目的晚礼服：绿色或天蓝色缎子长连衣裙，石榴红无尾长礼服。

"我不想打扰你……"

"你并不打扰我，"他忧心忡忡地对我说，"我有很长时间没有听人谈起盖了……可你是谁呀？"

"她的一个表亲。我……我想知道有关她的细节……"

"细节？"

他用食指揉着太阳穴。

"你想要我对你谈什么呢？"

我们走上沿着饭店一直通向塞纳河的一条窄街。

"我得回家了。"他对我说。

"我陪你回去。"

"那么，你真是盖的一个表亲？"

"是的。我们家的人想知道她的情况。"

"她早已死了。"

"我知道。"

他疾步而行，我几乎跟不上他。我努力和他齐头并进。我们走到了布朗利码头。

"我住在对面。"他指着塞纳河对岸说。

我们踏上了比拉凯姆桥。

"我无法告诉你更多情况，"他对我说，"我是很久以前认识盖的。"

他放慢了脚步，仿佛他感到自己的处境是安全的。他刚才走得那么快，或许是因为他以为有人盯梢，抑或为了甩掉我。

"我原先不知道盖还有亲人。"他对我说。

"有……有……乔吉亚泽那方面……"

"对不起？"

"乔吉亚泽家……她的外祖父名叫乔吉亚泽……"

"噢……"

他停下脚步，倚在桥的石栏杆上。我不能照样做，因为这样我会头晕。于是我面对他站着。他迟疑了一下才开口。

"你知道……我和她结过婚？"

"我知道。"

"你怎么知道的？"

"旧的文件上有记载。"

"我们一道去纽约的一家夜总会……我弹钢琴……她要我和她结婚，仅仅因为她想留在美国，不愿移民局找她麻烦……"

回想起这件事，他摇了摇头。

"这是个古怪的姑娘。后来，她与吕基·吕西亚诺交往……这人是她到'棕榈岛'娱乐场工作时认识的……"

"吕西亚诺？"

"对，对，吕西亚诺……他在阿肯色州被捕时，她正和他在一起……后来，她遇到一位法国人，我听说她和他一道去了法国……"

他两眼有了神，冲我微笑着。

"先生，我很高兴能够谈谈盖……"

一辆地铁从我们头顶上驶向塞纳河右岸。接着又有一辆驶往相反的方向。轰隆轰隆的响声盖住了布伦特的声音。他同我说话，我只看到他的嘴唇在动。

"……我所认识的最漂亮的姑娘……"

我好不容易才听清的这半句话使我大为泄气。夜里，我和一个不认识的人待在桥中间，试图从他口中得到关于我本人的一些细节，而地铁的隆隆声使我听不见他的话。

"我们往前走走好吗？"

他那样全神贯注，没有回答我的问话。他恐怕有很长时间没有想到这位盖·奥尔洛夫了。关于她的回忆一股脑儿浮出了水面，如一阵海风把他吹得晕头转向。他靠着桥栏杆，没有动。

"你真的不想再往前走走吗？"

"你认识盖吗？你遇见过她？"

"没有。正因为如此我才想得到一些细节。"

"这是一位金发女子……绿眼睛……金黄头发……很特别……怎么说呢？一位……灰黄头发的女子……"

一位灰黄头发的女子。她也许在我的生活中扮演过重要的角色。我必须仔细看看她的相片。渐渐地，一切都会回想起来的，倘若他最终不能给我提供更确切的线索。找到了他，找到了这位瓦尔多·布伦特已算幸运了。

我挽起了他的胳臂，因为我们不能在桥上停留。我们沿着帕西滨河路走着。

"你在法国又见到她了吗？"我问他。

"没有。我到法国的时候，她已经死了。她自杀了……"

"为什么？"

"她常常对我说她怕衰老……"

"你最后一次见到她是什么时候？"

"与吕西亚诺的事了结后，她遇到了那位法国人。那段时间我们见过几次面……"

"你认识他吗，那个法国人？"

"不认识。她告诉我她即将和他结婚，以便取得法国国籍……有个国籍是她摆脱不掉的念头……"

"可是你们离婚了？"

"当然……我们的婚姻维持了六个月……恰好可以平息移民局企图把她驱逐出美国的风波……"

我必须聚精会神才能把她的身世连贯起来，尤其因为他的嗓音十分低沉。

"她动身去了法国……我再也没见过她……直至我听

说……她自杀了……"

"你怎么知道的？"

"通过一位美国朋友，他认识盖，当时正好在巴黎。他寄给我一小张剪报……"

"你留着吗？"

"留着。它一定在我家里，一只抽屉里。"

我们来到了特罗卡德罗花园。喷泉被灯光照得雪亮，路上有许多车辆和行人。喷泉前和依埃纳桥头有成群的旅游者。虽是十月一个星期六的夜晚，但是秋风和煦，漫步者众多，树木尚未落叶，倒像是春天一个周末的夜晚。

"我的家在那边……"

我们走过花园，来到纽约大街。在河堤的树下，我有一种做梦似的不愉快的感觉。我已经度过了自己的一生，如今只是一个在周末夜晚的和暖空气中游荡的鬼魂。为何要再结已断的纽带，寻觅早已砌死的通道？这个在我身边走着、蓄唇髭、胖胖的小个子男人，让我难以相信这是个实实在在的人。

"真滑稽，我突然想起来盖在美国认识的那个法国人的姓名了……"

"他叫什么？"我问道，声音直抖。

"霍华德……这是他的姓氏……不是名字……等等……

霍华德·德……"

我停住脚步，朝他俯下身去。

"霍华德·德……？"

"德……德……德·吕兹。吕……兹……霍华德·德·吕兹……霍华德·德·吕兹……这个姓氏给了我很深的印象……半英语……半法语……或者西班牙语……"

"名字呢？"

"这个……"

他做了个无能为力的手势。

"你不知道他的长相吗？"

"不知道。"

我要把盖和老乔吉亚泽以及我认为是自己的那个人的合照拿给他看。

"他从事什么职业，那位霍华德·德·吕兹？"

"盖告诉我他出身于贵族家庭……他什么也不干。"

他轻声笑了。

"不……不……等等……我想起来了……他在好莱坞待过很长一段时间……在那儿，盖告诉过我他是演员约翰·吉尔伯特的心腹……"

"约翰·吉尔伯特的心腹？"

"对……在吉尔伯特的晚年……"

汽车在纽约大街上疾驰，但人们听不到发动机声，这增强了我的梦幻感。它们倏忽而过，声音沉闷、流畅，仿佛在水上滑行。我们来到阿尔马桥前面的步行桥。霍华德·德·吕兹。有可能这是我的姓氏。霍华德·德·吕兹。对，这几个音节唤醒了我心中的某样东西，某样和照在物体上的目光一样稍纵即逝的东西。如果我是这个霍华德·德·吕兹，我在生活中一定有些古怪，因为在那么多一个比一个体面和吸引人的职业中，我竟选择了当"约翰·吉尔伯特心腹"的职业。

正要走到现代艺术博物馆时，我们拐进了一条小街。

"我住在这儿。"他对我说。

电梯的灯坏了，电梯刚往上升，楼道的定时灯便灭了。黑暗中，我们听到了笑声和音乐声。

电梯停下，我感到身边的布伦特在找楼梯口的门把手。他打开了门，我走出电梯时撞了他一下，因为周围漆黑一片。笑声和音乐声来自我们所在的楼层。布伦特用钥匙开了门。

我们走进去，布伦特让门半开着。我们站在门厅中间，吊在天花板上的一只无罩灯泡光线很弱。布伦特待在那儿发愣，我不知道是否应该告辞。音乐震耳欲聋。从套房里走出一位红棕色头发、身穿红浴衣的少妇。她用吃惊的眼神打量着我们两个。宽松的浴衣露出了一对乳房。

"我妻子。"布伦特对我说。

她朝我微微点了点头，用两手把浴衣的领子拉到脖颈。

"我不知道你回来这么早。"她说。

我们三个一动不动地待在灯光下，它把我们的脸照得发白。我朝布伦特转过身去。

"你应该事先给我打个招呼。"他对她说。

"我原先不知道……"

一个谎言被当场拆穿的孩子。她垂下了头。震耳欲聋的音乐声停止了，响起了萨克斯管的优美旋律，它那样纯净，仿佛被空气稀释了。

"你们人很多吗？"布伦特问道。

"不，不……几个朋友……"

从微启的门缝中露出一张脸，一位金发女子的脸，头发剪得很短，涂着浅色的，几乎是粉红色的口红。接着又露出一张脸，一位肤色晦暗的褐发男子的脸。灯光下，这些脸好似假面具，褐发男子微笑着。

"我得和朋友们回去了……过两三小时再回来吧……"

"很好。"布伦特说。

她跟在另外两个人后面离开了门厅，然后关上了门。传来了笑声和互相追逐的声音。接着，又响起震耳欲聋的音乐。

"来！"布伦特对我说。

我们又回到楼梯。布伦特撵亮了定时灯，在楼梯上坐下。他示意我坐在他身边。

"我妻子比我年轻许多……相差三十岁……绝不该娶一个比自己年轻许多的女人……绝不该……"

他把一只手搭在我的肩头。

"这绝不会成功……没有一个成功的例子……你记住这个，老弟……"

定时灯灭了。看来布伦特根本不想再开灯。我也一样。

"如果盖看到我……"

想到此，他放声大笑。古怪的笑声，在黑暗中。

"她不会认出我……我至少重了三十公斤，自从……"

又一阵大笑，但和上一次不同，更神经质，更勉强。

"她会非常失望……你明白吗？钢琴家在饭店的酒吧间……"

"但她为什么失望呢？"

"而且再过一个月，我会失业……"

他紧握我的手臂，在二头肌部位。

"盖以为我将成为另一个科尔·波特……"

蓦地，响起女人的叫声。它来自布伦特的套房。

"出什么事了？"我问他。

"没什么，他们在寻开心。"

一个男人的嗓子吼道："你给不给我开门？达妮，给不给我开门？"一阵笑声。门喀喀作响。

"达妮是我妻子。"布伦特悄声对我说。

他站起来，打开定时灯。

"咱们去呼吸点新鲜空气。"

我们穿过现代艺术博物馆前面的广场，在台阶上坐了下来。我看见稍低处车辆在纽约大街上穿梭，这是仍有生命的唯一征兆。我们周围一片死寂，连塞纳河彼岸的埃菲尔铁塔，平常如此令人心安的埃菲尔铁塔，也好似一堆经过煅烧的废铁。

"这里呼吸顺畅。"布伦特说。

的确，一阵和煦的风吹过广场，吹过形成一个个黑影的塑像和尽里面的大圆柱。

"我想给你看几张照片。"我对布伦特说。

我从衣兜里掏出一个信封，我打开它，从里面抽出两张照片：盖·奥尔洛夫和老乔吉亚泽以及我以为是自己的那个人合照的那张，还有她小时照的那张。我递给他第一张照片。

"这里什么也看不见。"布伦特喃喃地说。

他按了一下打火机，风把火苗吹灭了，他不得不按了好几次。他用手心遮住火苗，把打火机凑到照片上。

"你看见照片上有个男人吗？"我对他说，"在左边……尽左边……"

"看见了。"

"你认识他吗？"

"不认识。"

他俯身在照片上，手搭凉棚保护打火机的火苗。

"你不觉得他像我吗？"

"我不知道。"

他又把照片细看了一会儿，然后还给了我。

"盖完全是我认识她时的模样。"他声调悲凉地说。

"喏，这是她小时候的相片。"

我递给他另一张相片，他就着打火机的火苗细细端详，依然手搭凉棚，活像正在做一件极精密的活儿的钟表匠。

"她是个漂亮的小姑娘，"他对我说，"你还有她的相片吗？"

"没有，很可惜……你呢？"

"我原先有一张结婚照，可是在美国丢失了……我甚至怀疑她自杀时我是否保留了那张剪报……"

他的美国口音，起先不易察觉，现在愈来愈重了。因为疲倦？

"你经常这样等着回家吗？"

"越来越经常了。可开始时很美满……我的妻子十分可爱……"

因为有风，他好不容易才点燃香烟。

"盖看到我这种处境会大吃一惊……"

他走近我，一只手搭在我的肩头。

"老弟，你不觉得她死得正是时候吗？"

我注视着他。他身上的一切都是圆的。脸庞、蓝眼睛，甚至还有修剪成圆弧状的小胡子。还有嘴巴和胖乎乎的手。他使我联想到孩子们用线牵着的气球，他们有时松开手，看看气球能飞多高。他的姓名瓦尔多·布伦特鼓胀着，好似一只气球。

"老弟，很抱歉……我没能告诉你许多关于盖的事情……"

我感到由于疲惫和沮丧，他的身体变得沉重了。但我留神守护着他，因为我担心广场上一刮风他会飞起来，留下我一个人和我的那些问题。

八

大街沿着奥特依跑马场伸展。一侧是跑马道，另一侧矗立着按同一个模型建造的大楼，楼与楼之间被小花园隔开。我走过这一幢幢奢华的兵营式建筑，守候在盖·奥尔洛夫自杀的那幢楼对面。利奥泰元帅大街25号。在几楼？门房一定换了人。大楼里还有没有与盖在楼梯上相遇或和她一起乘电梯的住户呢？还有没有因为常见我来而认出我的住户呢？

有些晚上，我一定心怦怦跳着爬上利奥泰元帅大街25号的楼梯。她在等我。她的窗户临跑马场。从高处看赛马景象一定很奇特，微小的马匹和骑手向前推进，正如打靶场两端之间人像靶络绎不绝，击倒全部靶子就能获大奖。

我们之间操哪国语言？英语？和老乔吉亚泽在一起的那张相片是在这套房子里拍的吗？房里有什么陈设？一个"出身于贵族家庭"，当过"约翰·吉尔伯特的心腹"，名叫霍华德·德·吕兹的人——我？——和一名生于莫斯科，在"棕榈岛"认识了吕基·吕西亚诺的原女舞蹈演员，他们彼此能谈什么呢？

古怪的人。所经之处只留下一团迅即消散的水汽。我和于特常常谈起这些丧失了踪迹的人。他们某一天从虚无中突然涌现，闪过几道光后又回到虚无中去。美貌女王。小白脸。花蝴蝶。他们当中大多数人，即使在生前，也不比永不会凝结的蒸汽更有质感。于特给我举过一个人的例子，他称此人为"海滩人"：一生中有四十年在海滩或游泳池边度过，亲切地和避暑者、有钱的闲人聊天。在数千张度假照片的一角或背景中，他身穿游泳衣出现在快活的人群中间，但谁也叫不出他的名字，谁也说不清他为何在那儿。也没有人注意到有一天他从照片上消失了。我不敢对于特说，但我相信这个"海滩人"就是我。即使我向他承认这件事，他也不会感到惊奇。于特一再说，其实我们大家都是"海滩人"，我引述他的原话："沙子只把我们的脚印保留几秒钟。"

大楼的一面墙外是座好像无人照管的小公园。树丛，灌木，好久没有修剪的草坪。在这阳光灿烂的午后行将结束的时刻，在一堆沙子前面，一个孩子独自安静地玩耍着。我在草坪边坐下，仰面望着大楼，寻思着盖·奥尔洛夫的窗户是否朝这边开。

九

夜里，事务所的乳白玻璃灯朝于特办公桌的皮革面投下强光。我坐在这张办公桌后面，查阅早年和近年的《社交人名录》，随时记录下我的发现：

> 霍华德·德·吕兹（让·西默蒂）✠和夫人，婚前名梅布尔·唐纳休，奥恩省瓦尔布勒斯市。T.雷努阿尔街21和23号。T.AUT15—28。
>
> —CGP—MA ⚿

有上述记载的《社交人名录》是三十年前出版的。他是不是我父亲？

以后几年的《社交人名录》中有相同的记载。我查看了《符号和略语表》。

✠：十字军功章。

CGP：满旗俱乐部。

MA：蓝色海岸快艇俱乐部。

⛵：帆船主。

但是十年后，下述说明消失了：雷努阿尔街23号。T.AUT15—28。MA 和⛵也不见了。

次年，只剩下：霍华德·德·吕兹夫人，婚前名梅布尔·唐纳休，奥恩省瓦尔布勒斯市 T.21。

然后什么也没有了。

接着，我查阅了巴黎近十年的电话号码簿。每一次，霍华德·德·吕兹这个姓氏都是以下列方式出现的：

霍华德·德·吕兹，C.亨利-帕泰花园广场 C3 号，第十六区。MOL 50—52。一个兄弟？一个堂兄弟？

在同年的《社交人名录》中没有任何相同的记载。

十

"霍华德先生在等你。"

这位眼睛明亮的褐发女子一定是巴萨诺街这家餐馆的老板娘了。她示意我跟她走，走下一道楼梯，领我朝大厅尽头走去。她在一张桌子前停下，只有一个人坐在桌边。他站了起来。

"克洛德·霍华德。"他对我说。

他朝我指了指对面的座位。我们坐下了。

"我迟到了，请原谅。"

"没关系。"

他好奇地盯着我看。他认出我了吗?

"你的电话使我非常惊讶。"他对我说。

我努力地冲他笑了笑。

"尤其你对霍华德·德·吕兹家的兴趣……亲爱的先生，如今我是它的最后一名代表了……"

他用讥讽的口吻讲了这句话，仿佛在自嘲。

"而且我简称自己为霍华德，免得那么复杂。"

他把菜单递给我。

"你不必和我吃一样的东西。我是美食专栏编辑……我必须品尝这家的拿手菜：小牛胸脯肉和奶油鱼汤……"

他叹了口气。他的确有点垂头丧气。

"我受不了了……不管生活中发生了什么事，我必须不停地吃……"

人家已经给他端来了一盘馅饼。我要了一份色拉和一个水果。

"你真走运……我呀，我必须吃……今晚我得把文章写好……我刚参加了'金下水大奖赛'，我是评委。在一天半内不得不吞下一百七十份下水……"

我看不出他的年龄。深棕色的头发朝后梳，一双栗色眼睛，尽管肤色极白，但外貌有点像黑人。餐厅的这一部分设在地下室，尽里面只有我们两人。餐厅内部装修了细木护壁板，挂着缎子帷幔，安了水晶吊灯，一派假冒的十八世纪风格。

"我想了想你在电话里对我说的事……你感兴趣的这位霍华德·德·吕兹只能是我的堂兄弗雷迪……"

"你真这么认为？"

"我有把握。但是我对他知之甚少……"

"弗雷迪·霍华德·德·吕兹？"

"对。我们小时候在一起玩过几次。"

"你没有他的照片吗？"

"一张也没有。"

他吃了一口馅饼，克制住没有呕出来。

"他甚至不是堂兄弟……而是第二或第三亲等的堂兄弟……霍华德·德·吕兹家人数极少……我相信只有我和父亲，还有弗雷迪及其祖父叫霍华德·德·吕兹。你知道，这是毛里求斯岛上的一个法国家族……"

他腻味地推开盘子。

"弗雷迪的祖父娶了一位非常有钱的美国女子……"

"梅布尔·唐纳休？"

"正是……他们在奥恩省有座豪华的花园住宅……"

"在瓦尔布勒斯？"

"亲爱的，你真是一本活《社交人名录》。"

他吃惊地看了我一眼。

"后来，我相信他们失去了一切……弗雷迪去了美国……我不能告诉你更确切的细节……这一切都是我听说的……我甚至怀疑弗雷迪是否还活着……"

"怎么能知道呢？……"

"如果我父亲在……我原先是通过他得到家里音信的……可惜……"

我从衣兜里掏出盖·奥尔洛夫和老乔吉亚泽的照片，向他指着和我相像的那个棕色头发的男人：

"你不认识这家伙吗？"

"不认识。"

"你不觉得他像我吗？"

他俯身看照片。

"也许像。"他把握不大地说。

"那位金发女子呢，你不认识她？"

"不认识。"

"可她是你堂兄弗雷迪的朋友。"

蓦地，他好像想起了什么。

"等等……我回想起来了……弗雷迪去了美国……在那儿，他好像成了演员约翰·吉尔伯特的心腹……"

约翰·吉尔伯特的心腹。这是第二次有人告诉我这个细节，但我的事并没有因此有多大进展。

"他当时从美国给我寄了一张明信片，所以我才知道……"

"你保存了这张明信片吗？"

"没有，但我还记得上面写的话：'一切顺利。美国是个美丽的国家。我找到了工作，我成了约翰·吉尔伯特的心腹。向你和你父亲问好。弗雷迪。'我当时十分震惊……"

"他回法国后，你又见到他了吗？"

"没有。我甚至不知道他回国了。"

"如果他现在站在你面前，你认得出他吗？"

"也许认不出。"

我不敢向他暗示我就是弗雷迪·霍华德·德·吕兹。我还没有确凿的证据，但我心存希望。

"我认识的弗雷迪，是十岁时的弗雷迪……我父亲带我去瓦尔布勒斯和他一起玩……"

饮料总管站在我们桌前，等克洛德·霍华德选饮料，但克洛德没有注意到他，这人站得笔直，活像一个哨兵。

"先生，实话告诉你，我觉得弗雷迪已经死了……"

"不该这么说……"

"谢谢你对我们这个不幸的家庭感兴趣。我们不走运……我相信我是唯一的幸存者，你瞧瞧为了谋生我必须做什么……"

他用拳头敲了几下桌子，侍者端来了奶油鱼汤，老板娘带着殷勤的微笑朝我们走过来。

"霍华德先生……今年的'金下水大奖赛'办得怎

么样？”

但他没有听见她的话，朝我俯下身来。

"其实，"他对我说，"我们本不该离开毛里求斯岛……"

十一

一个黄灰二色相间的又旧又小的火车站，两侧有水泥砌的栅栏，栅栏后是站台，我从轮胎火车下到站台上来。一个穿旱冰鞋的小孩在土堤的树下溜冰玩，除他之外，车站广场空无一人。

我想，很久以前，我也在这儿玩耍过。这个宁静的广场的确令我回想起一些事。我从巴黎乘火车来，祖父霍华德·德·吕兹来接我，抑或相反？夏天的夜晚，我陪着婚前叫做梅布尔·唐纳休的祖母到站台上等他。

稍远处有条与国道一样宽的公路，但驶过的车辆寥寥可数。我沿着一个公园往前走，公园围着水泥栅栏，和我在车站广场上见到的一模一样。

公路另一侧有几家带顶棚的商店，一家电影院。接着，在一条坡度平缓的大街街口，有家旅店掩映在绿树丛中。我毫不迟疑地走上这条大街，因为我研究过瓦尔布勒斯的平面图。大街两侧树木成行，尽头是围墙，栅栏门上钉着一块木头已朽腐的牌子，我连猜带蒙读出了上面写的几个字：地产管理处。栅栏门后有一片无人照管的草坪。尽里头有座路易十三式的、砖石结构的长条建筑物。建筑物中央，有座凸出的高出一层的楼，正面的两端各有两座圆顶侧楼。百叶窗全部关着。

我也许正面对着度过了童年的城堡，一股悲凉感油然而生。我推推栅栏门，没费力就把门打开了。我有多长时间没有跨进这个门槛了？右边，我注意到有座砖房，这一定是马厩了。

草深没膝，我力图尽快穿过草坪去城堡。这座静悄悄的建筑物激起了我的好奇心。我担心在正面墙后只剩下高草和断壁颓垣。

有个人叫我。我转过身去。那边，在马厩前，一个男人挥着胳膊。他朝我走来，我待在好似热带丛林的草坪中间，一动不动地注视着他。一个身材颇高的粗壮汉子，穿着绿条绒衣服。

"你有什么事？"

他在离我几步远处停了下来。棕色头发，蓄着唇髭。

"我想了解霍华德·德·吕兹先生的情况。"

我往前走。或许他就会认出我？每一次我都心存希望，而每一次我都大失所望。

"哪位霍华德·德·吕兹先生？"

"弗雷迪。"

我用变了调的嗓音说出"弗雷迪"三字，仿佛这是经过多年的遗忘后我又说出了自己的名字。

他瞪大了眼睛。

"弗雷迪……"

此刻，我真以为他在叫我。

"弗雷迪？他不在这儿了……"

不，他没有认出我。谁也认不出我。

"你到底有什么事？"

"我想知道弗雷迪·霍华德·德·吕兹的近况……"

他用不信任的目光盯着我，一只手伸进长裤的裤兜。他就要拿出一件武器威胁我了。不，不，他从兜里掏出一条手帕擦额头上的汗。

"你是谁？"

"很久以前，我在美国认识了弗雷迪，我想得到他的音信。"

听到这句谎话，他的脸上突然露出了喜色。

"在美国？你在美国认识了弗雷迪？"

"美国"这个字眼似乎使他浮想联翩。我相信，他甚至想拥抱我，因为他非常感激我"在美国"认识了弗雷迪。

"在美国？那么，你认识他的时候，他正当着那个……那个什么人的心腹？"

"那人是约翰·吉尔伯特。"

他的怀疑顿时烟消云散。

他甚至抓住了我的手腕。

"到这儿来。"

他拉着我顺着围墙根往左走，那儿的草矮一些，原先可能是一条路。

"我好久没有弗雷迪的消息了，"他声音低沉地对我说。

他那身绿条绒衣服磨得发白，有几处露出了线，在肩膀、肘部和膝盖处用皮子打了补丁。

"你是美国人吗？"

"是。"

"弗雷迪从美国寄给我好几张明信片。"

"你留着这些明信片吗？"

"当然啦。"

我们朝城堡走去。

"你从没来过这儿？"他问我道。

"从来没有。"

"那你怎么知道地址的？"

"是弗雷迪的一个堂兄弟，克洛德·霍华德·德·吕兹告诉我的。"

"不认识。"

我们来到城堡正面的圆顶楼前。我们绕着它走，他向我指着一个小门：

"这是唯一可以进去的门。"

他用钥匙开了门。我们走进去，他领我穿过一间阴暗的空屋子，然后沿着一条过道走。我们又来到一间屋子，彩绘大玻璃窗使它看起来像礼拜堂或玻璃花房。

"这是夏季餐厅。"他对我说。

没有家具，只有一张磨旧了的红绒面沙发，我们坐下了。他从衣兜里掏出一只烟斗，平静地将它点燃。日光透过彩绘大玻璃窗，显出淡蓝的色调。

我抬起头，发现天花板也是淡蓝色的，其间有几个更浅的点：云彩。他注意到我的视线。

"天花板和墙是弗雷迪粉刷的。"

屋子唯一的一面墙漆成了绿色，上面有株模糊不清的棕榈树。我尽力想象昔日我们用餐时这间屋子的样子。我在天花板上画了蓝天，我想通过这株棕榈树给绿墙增添一点热带情调，微蓝的光线透过彩绘大玻璃窗落在我们脸上。但这些脸是谁的脸呢？

"这是唯一一还可以进去的房间，"他对我说，"每扇门上部都贴了封条。"

"为什么？"

"房子被查封了。"

这句话令我手脚冰凉。

"他们把一切都查封了，我呢，他们让我留在这儿。但能留多久呢？"

他用力吸烟斗，摇着头。

"不时有个地产的家伙来视察。他们好像还没有决定。"

"谁？"

"地产的人。"

我不大明白他的意思，但我想起朽腐的木牌上写着：地产管理处。

"你在这儿很久了吗？"

"是呵……我是在霍华德·德·吕兹先生，就是弗雷迪的祖父去世时来的……我照管园林，为夫人开车……弗雷迪的祖母……"

"弗雷迪的父母呢？"

"我想他们很年轻时便死了。他是由祖父母抚养大的。"

这么说，我是由祖父母抚养成人的。祖父死后，我和婚前叫梅布尔·唐纳休的祖母以及这个人在此生活。

"你叫什么？"我问他道。

"罗贝尔。"

"弗雷迪怎么称呼你？"

"他的祖母叫我鲍勃。她是美国人。弗雷迪也叫我鲍勃。"

鲍勃这个名字引不起我的联想。而他呢，他终究没有认出我来。

"后来，祖母也死了。这时经济上已很拮据……弗雷迪的祖父挥霍光妻子的财产……一份美国的巨产……"

他从容不迫地抽着烟斗，缕缕青烟升上天花板。这间屋子，连同它的彩绘大玻璃窗以及弗雷迪在墙上、天花板上画的画（我的画？）……对他而言一定是个庇护所。

"然后，弗雷迪失踪了……没有打招呼……我不知道出了什么事。但是他们把一切都查封了。"

又是"查封"这个字眼，仿佛你正准备进门的时候，人家砰地一声把门关上了。

"从那以后我就等着……看他们打算怎么处置我……他们总不能把我赶出去吧？"

"你住在哪儿？"

"在原来的马厩里。是弗雷迪的祖父叫人布置的。"

他观察着我，烟斗含在嘴里。

"你呢？给我讲讲你是怎么在美国认识弗雷迪的。"

"噢……说来话长……"

"我们走走好吗？我领你看看这边的园林。"

"行呀。"

他打开一扇落地窗，我们走下几级石阶。我们面前是块草坪，和我为抵达城堡想穿过的草坪一样，但是这儿的草要矮得多。令我大为吃惊的是，城堡的背面和它的正面毫不相称：它是用灰色石头造的。房顶也不一样，背面的房顶有隅角的斜面和人字墙，显得比较复杂，这座乍一看像路易十三式城堡的住宅，从背面看与十九世纪末年的海水浴疗养院相仿，在比亚里茨 ①，如今还剩下寥寥几个典型的疗养院。

"我尽量把这边的园林照管好，"他对我说，"但就我一个人是很吃力的。"

我们走在一条沿草坪延伸的砾石小路上。左边，一人高的灌木经过仔细的修剪，他向我指了指灌木丛：

"迷宫式树林，是弗雷迪的祖父种植的。我竭尽全力将它管好。总得留下一点和以前一样的东西。"

---

① 比亚里茨是法国比利牛斯-大西洋省的海水浴疗养胜地，其含氯化钠的矿泉水主要用于治疗关节炎和贫血症。

我们从侧面的一个入口进入"迷宫"，俯身通过一道由青枝绿叶组成的拱门。多条小径纵横交错，有十字路口、圆形空地、环形弯道或九十度的拐角、死胡同、一个绿树篷以及一条绿色的长木椅……小时候，我一定和祖父或同龄的朋友在这里玩过捉迷藏的游戏，在这散发着女贞树和松树清香的神奇迷宫中，我一定度过了一生中最美好的时光。我们走出迷宫时，我忍不住对我的向导说：

"真怪……这座迷宫使我想起了一些事……"

但他好像没有听见我的话。

草坪边上有个生锈的旧秋千架，上面挂着两个秋千。

"可以吗？"

他坐到其中一个秋千上，又点燃了烟斗。我在另一个秋千上坐下。夕阳西下，柔和的橙黄色光线笼罩着草坪和迷宫的灌木。同样的光线在城堡的灰色石头上洒下了斑斑点点。

我选择这一时刻把盖·奥尔洛夫、老乔吉亚泽和我的照片递给他。

"你认识这些人吗？"

他久久地端详着这张照片，没有把烟斗从嘴上拿开。

"这个女的，我很熟悉……"

他用食指点着盖·奥尔洛夫脸部下方。

“俄国女人……”

他的语调既快活，又漫不经心。

“你想我怎么会不认识她，这个俄国女人……”

他格格地笑了几声。

“最后几年，弗雷迪常带她来这儿……一个绝妙的姑娘……金发姑娘……我可以告诉你她酗酒……你认识她吗？”

“认识，”我说，“我在美国看见她和弗雷迪在一起。”

“他是在美国认识这俄国女人的，嗯？”

“对。”

“也许她能告诉你现在弗雷迪在哪儿……应该问她才是……”

“在俄国女人旁边的这个棕发家伙呢？”

他更凑近照片细细地看。我的心跳得很厉害。

“是呀……我也认识他……等等……是呀……他是弗雷迪的一个朋友……他和弗雷迪、俄国女人和另一个姑娘一道来这儿……我相信他是南美洲人，或差不多那个地方的人……”

“你不觉得他像我吗？”

“像……为什么不像呢？”他无把握地对我说。

很清楚，我不叫弗雷迪·霍华德·德·吕兹。我望着草坪，草很高，夕阳的余晖只照得到草坪的边缘。我从未搀着美国祖母沿草坪散步，小时候从未在"迷宫"中玩耍。这生了锈的秋千架不是为我竖的。可惜。

"你说南美洲人？"

"对……但是他的法语讲得和你我一样好……"

"你常常见他来这儿吗？"

"来过好几次。"

"你怎么知道他是南美洲人？"

"因为有一天我驾车去巴黎接他到这儿来。他约我在他工作的地点见面……在南美洲一个国家的大使馆……"

"哪个国家？"

"这我就回答不上来了……"

我必须习惯于这个变化。我不再是姓氏列于旧版《社交人名录》和电话号码簿上的一个家庭的后代，而是一个南美洲人，寻觅其踪迹将困难千百倍。

"我想他是弗雷迪小时候的朋友……"

"他和一个女人一起来这儿吗？"

"对。有两三次。是个法国女人。他们和俄国女人、弗雷迪四个一起来……在祖母死后……"

他站了起来。

"我们回去好吗？有点冷了……"

天色几乎黑了，我们又回到了"夏季餐厅"。

"这是弗雷迪最喜欢的房间……晚上，他和俄国女人、南美人以及另一个姑娘在这里待到很晚……"

沙发成了一个浅色的斑点，天花板上显出格子架状和菱形的影子。我徒劳地试图接收昔日良宵共度的回声。

"他们在这儿安了一张台球桌……主要是南美人的女友爱打台球……每次她都赢……我这么对你说是因为我和她打过几盘……喏，台球桌还在那儿……"

他把我拉进一条黢黑的走廊，揿亮手电筒，我们来到一间铺石板的大厅，一道宽大的楼梯从这里开始向上盘旋。

"主要入口……"

在楼梯起步处，我的确看到了一张台球桌。他用手电筒照着它。桌子中间有一颗白色的弹子，仿佛一盘台球暂时中断，随时都会接续下去。盖·奥尔洛夫，或者我，或者弗雷迪，或者陪我来的那位神秘的法国女子，或者鲍勃，已俯下身瞄准。

"你看，台球桌一直在这儿……"

他用手电的光束扫了一下大楼梯。

"上楼没用……他们把一切都查封了……"

我想弗雷迪的房间在楼上。一个儿童的房间，然后是一个年轻人的房间，摆着书架，墙上贴着照片，说不定其中的一张是我们四个人的合影，或者弗雷迪和我臂挽臂的合影。鲍勃倚着台球桌点燃烟斗。我呢，我忍不住凝神注视这道大楼梯，爬上去毫无用处，因为楼上的一切都被"查封"了。

我们从小侧门出去，他上了两道锁。天黑了。

"我得赶返回巴黎的火车了。"我对他说。

"跟我来。"

他抓住我的胳臂，领我顺着围墙走。我们来到原来的马厩前。他打开一扇玻璃门，点燃了一盏煤油灯。

"他们早就切断了电源……但是他们忘了断水……"

我们待的这间屋子中间有一张深色木桌和几把柳条椅。墙上挂着瓷盘和铜盆。窗户上方有一只制成了标本的野猪头。

"我要送你一件礼物。"

他朝房间尽里面的一个衣橱走去。他打开橱门，拿出一只盒子放在桌上，盒盖上写着："勒费夫尔多益饼干——南特。"然后他站在我面前。

"你是弗雷迪的朋友，嗯？"他用激动的嗓音对我说。

"是。"

"那好，我把这个送给你……"

他向我指着饼干盒。

"这里有弗雷迪的纪念品……他们来查封破房子的时候我抢救下来的一些小东西……"

他的确动了感情。我甚至相信他热泪盈眶。

"我很爱他……他很小的时候我就认识他了……他喜欢幻想。他总对我说他要买一条帆船……他说:'鲍勃,你做我的二副……'天知道现在他在哪儿……如果他还活着……"

"会找到他的。"我对他说。

"他祖母把他宠坏了,你明白吗……"

他拿起盒子递给我。我想起斯蒂奥帕·德·扎戈里耶夫和他送我的红盒子。显然,一切都在旧巧克力盒、饼干盒或者雪茄盒里了结。

"谢谢。"

"我陪你上火车站。"

我们沿着一条林间小径走,他在我们前方投下手电的光束。他没走错路吧?我觉得我们进入了密林深处。

"我在努力回想弗雷迪那位朋友的名字,就是你给我看的照片上的那个人……南美人……"

我们穿过一片林间空地,野草在月光下磷光闪闪。那边有几株意大利五针松。他揿灭了手电,因为这里几乎和大白天一样亮。

"弗雷迪和他的另一位朋友……一位赛马的骑师,在这儿练习骑马……他从没有和你谈过这名骑师吗?"

"从没有。"

"我记不起他的名字了……他曾经很有名气……弗雷迪的祖父养赛马的那些年，他是老人的赛马骑师……"

"南美人也认识骑师吗？"

"当然认识。他们一道上这儿来。骑师和其他人打台球……我甚至相信是他把俄国女人介绍给弗雷迪的……"

我担心记不住所有这些细节。必须立即记在小本子上。

小路缓缓升高，铺着厚厚的枯叶，行走很吃力。

"那么，你想起那个南美人的名字了吗？"

"等等……等等……我会想起来的……"

我把饼干盒夹在髋部。我急于知道盒里装着什么，或许能在里面找到我的某些问题的答案。比方我的名字或骑师的名字。

我们走到一个斜坡边，下了斜坡就可以到达火车站广场。火车站大厅闪着霓虹灯光，似乎空无一人。一个人骑着自行车慢慢穿过广场，停在车站前。

"等等……他的名字是……佩德罗……"

我们一直站在斜坡边上。他又掏出烟斗，用一件神秘的小工具清理它。我在心里一遍遍重复着出生时人家给我起的名字，在我人生的一大段时期内人家用这个名字来称呼我，它会使一些人联想到我的面孔。佩德罗。

十二

这个饼干盒里没有什么重要东西。一个身披铠甲、手敲战鼓的铅制玩具兵。贴在一个白信封中央、有四瓣小叶的三叶草。一些照片。

其中两张上有我。无疑和站在盖·奥尔洛夫和老乔吉亚泽身边的那位是同一个人。高身材，棕色头发，和我的唯一区别是我未蓄唇髭。在一张照片上，我与另一个人在一起，他和我一般高，一样年轻，只是头发颜色较浅。弗雷迪？对，因为有人用铅笔在照片背面写了几个字："佩德罗-弗雷迪-拉博尔。"我们在海边，穿着海滨浴衣。看上去是多年以前的照片。

在第二张照片上，我们是四个人：弗雷迪、我、我很容易便认出的盖·奥尔洛夫以及另一位年轻女子。我们席地而坐，背倚夏季餐厅里的红绒面沙发。右边，是台球桌。

第三张照片拍的是和我们一起在夏季餐厅的那位年轻

女子。她站在台球桌前，两手握着台球杆。浅色的头发披在双肩。我带到弗雷迪城堡去的那位？在另一张照片上，她倚着阳台的栏杆。

一张纽约港风景的明信片，寄给："奥恩省瓦尔布勒斯罗贝尔·布兰先生，请霍华德·德·吕兹转交"。明信片上写道：

"亲爱的鲍勃，从美国向你问好。不久见。弗雷迪。"

一份印有笺头的古怪文件：

阿根廷共和国总领事馆

NO106

阿根廷共和国驻法国总领事馆负责照管占领区希腊人的利益，兹证明塞萨洛尼基[①]市政档案于一九一四至一九一八年大战期间毁于大火。

巴黎，一九四一年七月十五日。

阿根廷共和国总领事，

希腊人利益负责人。

下面的署名是：

---

① 塞萨洛尼基是希腊北方港口城市，有大量古希腊遗迹。1916—1918 年是东方盟军的军事基地，1941 年被德国人占领。

总领事 R.L. 德·奥利维拉·塞萨尔

是我？不。他不叫佩德罗。

一小张剪报：

应瓦尔布勒斯（奥恩省）圣拉扎尔城堡地产管理处的请求，定于四月七日和十一日

公开拍卖霍华德·德·吕兹被查封的大批家具：

古今艺术品和室内装饰品

绘画——瓷器——陶瓷制品

地毯——床上用品——家庭日用布制品

埃拉尔牌三角钢琴

冰箱等等

展出时间：四月六日星期六 十二点至十八点

拍卖日上午十点至十二点

我打开贴了四瓣三叶草的信封。里面有四张照片，是快照照片的尺寸：一张是弗雷迪的，另一张是我的，第三张是盖·奥尔洛夫的，第四张则是浅头发年轻女子的。

我还发现一本多米尼加共和国的空白护照。

我偶然把浅头发年轻女子的照片翻了过来，背面用蓝墨水写了几个字，字体和那张美国明信片的字体一样不规整：

佩德罗：ANJOU15—28。

十三

我过去使用的这个电话号码如今还列在多少个记事本上？或许它不过是一间办公室的电话号码，只在某个下午才能用它与我联系？

我拨了ANJOU15—28。电话嘀铃铃地响起来，但没有人接。在今晚白白响起电话铃声的空空荡荡的套房内，在早已无人居住的卧室内，还保留着我这个匆匆过客的痕迹吗？

我无须呼叫问讯台。我只要腿肚一绷，让于特的皮扶手椅转半圈就行了。在我面前，是一排排的人名录和电话号码簿。其中一册比别的小，淡绿色印花山羊皮面。这正是我需要的，它有近三十年巴黎全部电话号码及相应地址的目录。

我一页页翻看，心怦怦直跳。我读到：

ANJOU15—28：康巴塞雷斯街10号乙。第八区。

但在同年按街道排列的人名录上没有这个电话号码：

康巴塞雷斯（街）

第八区

10号乙	钻石商联谊会	MIR	18—16
	妇女时装店	ANJ	32—49
	皮尔格拉姆（海伦）	ELY	05—31
	雷宾戴尔（机构）	MIR	12—08
	庇护所	ANJ	50—52
	S.E.F.I.C	MIR	74—31
		MIR	74—32
		MIR	74—33

十四

一个名叫佩德罗的人。ANJOU15—28，康巴塞雷斯街10号乙，第八区。

他好像在南美某国的公使馆工作。于特留在办公桌上的座钟指着清晨两点。楼下，尼耶尔林荫道上，只有极少的车辆驶过。偶尔可以听见红灯前的刹车声。

我浏览了那些以大使馆和公使馆及其成员名单开头的旧版人名录。

多米尼加共和国

麦西纳大街21号（第八区）、CARNOT10—18。

N……特命全权公使。

居斯塔沃·J.亨利凯斯博士先生。一秘。

萨尔瓦多·E.帕拉达斯博士先生。二秘（和夫人），阿尔萨斯街41号（第十区）。

比恩韦尼多·卡拉斯科博士先生。随员。

德康街45号（第十六区），电话：TRO　42—91。

委内瑞拉

哥白尼街11号（第十六区）。PASSY72—79。

办公地点：唧筒街115号（第十六区）。PASSY10—89。

卡尔洛·阿里斯蒂米诺·科尔博士先生，特命全权公使。

杰姆·皮孔·费布尔先生。参赞。

安托尼奥·马蒂里先生。一秘。

安托尼奥·布里于诺先生。随员。

H.洛佩斯–孟戴斯上校先生。武官。

佩德罗·萨洛阿加先生。商务专员。

危地马拉

若弗尔广场12号（第七区）。电话：SÉGUR 09—59。

阿达姆·莫里斯克·里奥先生。代理参赞。

依斯玛埃尔·贡萨莱斯·阿雷瓦洛先生。秘书。

弗雷德里科·米尔戈先生。随员。

厄瓜多尔

瓦格纳大街 91 号（第十七区）。电话：ÉTOILE 17—89。

贡萨洛·萨尔敦比德先生。特命全权公使（和夫人）。

阿尔贝托·普依·阿罗斯梅纳。一秘（和夫人）。

阿尔弗雷多·冈戈特纳先生。三秘（和夫人）。

卡尔洛斯·古斯曼先生。随员（和夫人）。

维克多·塞瓦洛斯先生。参赞（和夫人），依埃纳大街 21 号（第十六区）。

萨尔瓦多

里凯斯·维加。特使。

J.H. 维绍少校。武官（和女儿）。

F. 卡浦罗。一秘。

刘易斯……

字母在我眼前跳动。我是谁呢?

十五

你朝左拐，康巴塞雷斯街的这一段寂静空荡得会叫你惊讶莫名。一辆车也没有。我从一家旅馆前经过，门廊的水晶吊灯晃得我睁不开眼。是太阳的反光。

10号乙是一栋窄窄的五层楼。二楼窗户很高。对面的人行道上有名警察在站岗。

楼房的一扇门扉打开了，亮着定时灯。一条长长的前厅，墙壁是灰色的。尽头有扇镶小方块玻璃的门，门边很钝，我费了点力气才拉开。一道未铺地毯的楼梯通往楼上。

我在二楼的门前停下。我决定问每层楼的房客是否在某个时期用过ANJOU 15—28这个电话号码。我的喉咙像打了结似的讲不出话来，因为我意识到自己的举动十分古怪。门上有块铜牌，上面写着：海伦·皮尔格拉姆。

门铃用了太久，声音尖细，只能断断续续地听到。我尽量久地用食指揿电铃钮。门打开了一条缝，露出一张女人的脸，浅灰色的头发剪得短短的。

"夫人……我想打听一件事……"

她用一双明亮的眼睛注视着我。看不出她有多大年纪。三十岁，五十岁？

"你原来的电话号码是不是 ANJOU 15—28？"

她皱起眉头。

"是啊。怎么了？"

她打开了门。穿着一件男式黑绸室内便袍。

"你问我这个干什么？"

"因为……我在这儿住过……"

她走出来，站在楼梯平台上一个劲儿地打量我。她瞪大了眼睛。

"可……你是……麦克埃沃依……先生吧？"

"是。"我随口答道。

"请进。"

她看上去十分激动。我们在前厅中间面对面站着。地板踩坏了，有些木板条换上了地漆布。

"你没怎么变样。"她微笑着对我说。

"你也是。"

"你还记得我？"

"记得很清楚。"我对她说。

"谢谢……"

她的目光柔和地停留在我的身上。

"你来……"

她领我走进一间天花板很高的大屋子，窗户就是我从街上看到的那几扇，地板破损的程度和前厅一样，有几处铺了白羊毛地毯。秋阳从窗户射进来，用琥珀色的光照亮房间。

"请坐……"

她向我指了指靠墙的一张铺丝绒坐垫的长椅。她在我左边坐下。

"这样……突然又见到你挺滑稽的。"

"我路过这个街区。"我说。

她似乎比在门缝中出现时年轻了些，嘴角、眼睛四周和额头上没有一丝皱纹，光滑的面庞与一头白发形成鲜明对照。

"我觉得你改变了头发的颜色。"我没有把握地说。

"没有呀……我二十五岁时头发就白了……我宁愿保持这种颜色……"

除了这张丝绒长椅外没有很多家具。靠对面墙有张长方桌。两扇窗户之间有个旧人体模型，上半身搭了块脏兮兮的本色布，它突兀地出现在房中，使人联想到缝纫车间。

我注意到屋角有架缝纫机摆在一张桌子上。

"你认出这套房子了吗？"她问我道，"你看……我保留了一些东西……"

她朝服装店用的人体模型挥了一下胳膊。

"这些都是德妮丝留下的……"

德妮丝？

"的确，"我说，"没有多大变化……"

"德妮丝呢？"她不耐烦地问我道，"她现在怎么样了？"

"嗳，"我说，"我好久没见到她了……"

"啊……"

她神情失望，摇了摇头，仿佛她明白不该再谈这位"德妮丝"了，出于审慎。

"实际上，"我对她说，"你早就认识德妮丝？"

"是的……我是通过'莱翁'认识她的……"

"莱翁？"

"莱翁·凡·阿伦。"

"噢，当然。"我说。当"莱翁"这个名字没有立即使我联想到"莱翁·凡·阿伦"时，她的语气，近乎责备的语气，给我印象很深。

"莱翁·凡·阿伦，他怎么样了？"我问道。

"啊……我有两三年得不到他的音信了……他去了荷属圭亚那的帕拉马里博……他在那儿办了一个舞蹈班……"

"舞蹈？"

"对。莱翁干服装业以前是跳舞的……你不知道？"

"知道，知道。可是我忘了。"

她身子往后一退靠在墙上，重新系好便袍的腰带。

"你呢，你现在做什么？"

"啊，我吗？……什么也不做……"

"你不在多米尼加共和国公使馆工作了？"

"不在了。"

"你记得你曾建议给我搞一本多米尼加的护照吗？你说在生活中必须多加小心，总得有好几本护照才行……"

这个回忆使她很开心。她格格地笑了两声。

"你最后一次是什么时候得到……德妮丝的音信的？"我问她道。

"你和她一起去了默热弗，她从那儿给我寄来一封短信。从此再也没有消息了。"

她用探询的目光注视着我，但恐怕不敢向我直截了当地提问题。这位德妮丝是谁？她在我的生活中扮演过重要的角色吗？

"你想想，"我对她说，"有时我觉得如坠五里雾中……

好些事记不起来了……有些沮丧的时期……所以，我经过这条街的时候，冒昧地上了楼……试图寻回这……这……"

我寻找着准确的字眼，但没有找到。这毫无关系，因为她在微笑，这笑容表明我的举动没有使她吃惊。

"你想说寻回当年的好时光？"

"对。正是……当年的好时光……"

她从紧靠沙发的一张小矮桌上拿起一只描金盒子，把它打开。盒里装满香烟。

"不，谢谢。"我对她说。

"你戒烟了？这是英国香烟。我记得你抽英国香烟。每次你、我、德妮丝三个人在这儿会面的时候，你总给我带来满满一包英国盒装香烟……"

"是呀，是这样……"

"你在多米尼加公使馆想要多少烟就有多少烟……"

我朝描金盒子伸出手，用拇指和食指夹住一支香烟。我担心地把它含在嘴里。她点上自己那支香烟，然后把打火机递给我。我打了好几次才打出火来。我吸了一口。一阵非常难受的刺痒立即使我咳嗽起来。

"我不习惯了。"我对她说。

我不知如何扔掉这支烟，一直用拇指和食指夹着，它慢慢地燃烧着。

"这么说，"我对她道，"现在你住这套房了？"

"是的。我再没德妮丝的音信后，又在这儿安顿了下来……再说她动身前对我说过，我可以再住进来……"

"她动身前？"

"是呀……你们动身去默热弗前……"

她耸了耸肩，仿佛这对我应该是明摆着的事。

"我觉得在这套房里只待了很短的时间……"

"你和德妮丝在这儿待了几个月……"

"你呢，在我们之前你住在这儿吗？"

她注视着我，惊得发呆。

"当然啦，怎么……这是我的房子啊……我把它借给了德妮丝，因为我必须离开巴黎……"

"请原谅……我刚才在想别的事。"

"这儿对德妮丝很方便……她有地方开裁缝铺……"

一名女裁缝？

"我想不出我们为什么离开了这套房子。"我对她说。

"我也一样……"

又是这探询的目光。可是我如何向她解释呢？我知道的比她还少。对这些事情我一无所知。我最终把烧灼我手指的烟头放到烟灰缸里。

"我们来这儿住以前见过面吗？"我怯生生地问道。

"见过两三次。在旅馆里……"

"哪家旅馆？"

"康邦街，卡斯蒂耶旅馆。你还记得和德妮丝住的那个绿房间吗？"

"记得。"

"你们离开了卡斯蒂耶旅馆，因为你们觉得在那儿不安全……是不是这样？"

"是。"

"那的确是个古怪的时期……"

"什么时期？"

她没有回答，又点着一支烟。

"我想给你看几张照片。"我对她说。

我从上衣夹里的口袋内掏出那个从不离身、装了全部照片的信封。我把那张在"夏季餐厅"照的，有弗雷迪·霍华德·德·吕兹、盖·奥尔洛夫、不知名的年轻女子和我的照片拿给她看。

"你认出我了吗？"

她转过身，在阳光下看着相片。

"你和德妮丝在一起，但我不认识另外两位……"

这么说，那女子是德妮丝。

"你不认识弗雷迪·霍华德·德·吕兹吗？"

"不。"

"盖·奥尔洛夫呢？"

"不。"

人们的生活显然是互相隔绝的，各自的友人彼此不相识。这令人遗憾。

"我还有她的两张照片。"

我递给海伦一张身份证小相片，和她靠着栏杆照的那张相片。

"我见过这一张，"她对我说，"我想是她从默热弗寄给我的……可是我想不起放哪儿了……"

我从她手里取回这张照片，专注地看着。默热弗。德妮丝身后有扇带木百叶窗的小窗户。对，百叶窗和栏杆可能正是山间木屋别墅的。

"动身去默热弗毕竟是个怪念头，"我突然说道，"德妮丝有没有告诉你她的想法？"

她凝视着小小的身份证照片。我等着她回答，心怦怦直跳。

她抬起了头。

"是的……她对我谈过……她告诉我默热弗是个安全的地点……你们总有办法越过国境的……"

"是的……当然啦……"

我不敢深谈。为什么一涉及到我关心的问题，我就这样胆怯，这样害怕呢？从她的眼神中我看出，她真希望我对她作出解释。我们两人谁也不作声。终于，她下了决心：

"在默热弗究竟发生了什么事？"

她如此恳切地向我提出这个问题，我第一次感到了沮丧，甚至不仅仅是沮丧，而是绝望；当你意识到无论你如何努力，无论你才能有多高，愿望有多好，你碰到的是个不可逾越的障碍时，你就会感到这种绝望。

"我会向你解释的……改天吧……"

我的嗓音或面部表情一定有些异样，因为她紧紧抓住我的胳膊，好像想安慰我。她对我说：

"原谅我向你提出不合宜的问题……但是……我是德妮丝的朋友……"

"我明白……"

她站了起来。

"等我一会儿……"

她离开了房间。我注视着在脚下白羊毛地毯上形成的一块块光斑。接着是地板条、长方桌以及原来归德妮丝所有的旧人体模型。有没有可能，我最终还是认不出这些曾经生活过的地方呢？

她回来了，手里拿着两本书和一个记事本。

"德妮丝走时忘记拿这些东西了。喏，给你吧……"

我很惊讶她没有把这些纪念物放在一个盒子里，如斯蒂奥帕·德·扎戈里耶夫和弗雷迪母亲原来的花匠所做的那样。总之，在我寻访的过程中，这是第一次没人给我盒子。这个念头使我笑了。

"什么事让你这么开心？"

"没什么。"

我注视着书的封皮。其中一张封皮上，一个留唇髭、戴瓜皮帽的中国人的脸出现在蓝色的轻雾中。书名：《查理·张》。另一张封皮是黄颜色的，下方有个假面具，上插一管鹅毛笔。书名：《匿名信》。

"德妮丝竟读这类侦探小说！"她对我说，"还有这个……"

她递给我一个鳄鱼皮的小记事本。

"谢谢。"

我打开记事本浏览着，上面什么也没写。没有任何名字，任何约会。记事本只有月日，没有年份。我终于发现本子里夹着一张纸，我把它展开：

法兰西共和国
塞纳省警察局

巴黎第十三区出生证原件证明书

德妮丝·依韦特·库德勒斯，女，一九一七年十二月二十一日十五时，出生于奥斯特利茨滨河路9号乙。

父：保尔·库德勒斯，母：昂丽耶特·鲍加埃尔。无业，住址同上。一九三九年四月三日在巴黎（第十七区）与吉米·佩德罗·斯特恩结婚。

特此证明。

巴黎，一九三九年六月十六日

"你看见过吗？"我说。

她吃惊地看了出生证一眼。

"你认识她的丈夫吗？那位……吉米·佩德罗·斯特恩？"

"德妮丝从来没有告诉我她结过婚……你呢，你知道吗？"

"不知道。"

我把记事本、出生证和装照片的信封塞进上衣夹里的口袋。我不知为何有个念头一闪而过：尽可能地把这些宝物隐藏在上衣衬里内。

"谢谢你送给我这些纪念品。"

"不必客气，麦克埃沃依先生。"

她又叫了一遍我的名字，我大大舒了一口气，因为她第一次说的时候我没有听清楚。我真想立即把它记下来，但对拼写没有把握。

"我很喜欢你对我名字的读法，"我对她说，"这对法国人不容易……可是你怎么写呢？别人写这个名字时总犯拼写错误……"

我用调皮的语气说。她笑了。

"M…C…大写 E，V…O…Y…"她一个字母一个字母地读着。

"这是一个字？你有把握吗？"

"完全有把握。"她对我说，仿佛躲过了我给她布下的陷阱。

这么说，是 McEvoy。

"太好了。"我对她说。

"我从不犯拼写错误。"

"佩德罗·麦克埃沃依……不管怎么说，我的名字有点怪，你不觉得吗？有些时候我还习惯不了……"

"噢……我差点忘了。"她对我说。

她从衣兜里掏出一个信封。

"这是德妮丝给我写的最后一封信……"

我展开信读道：

亲爱的海伦：

　　事情已定。明天我们和佩德罗一起穿越边境。到了那边，我将尽快给你写信。

　　我暂且告诉你一个人的电话号码，此人在巴黎，我们可以通过他联系：

　　奥列格·德·弗雷德　　AUTEUIL　　54—73

　　拥抱你。

德妮丝

二月十四日于默热弗

"你打电话了吗？"

"是的，但每次人家都说这位先生不在。"

"这位……弗雷德是谁呀？"

"我不知道。德妮丝从来没有向我提到过他……"

阳光渐渐离开了房间。她点亮了沙发旁矮桌上的小灯。

"我将很高兴再看看我住过的房间。"我对她说。

"当然可以……"

我们走进一条过道，她打开了右面的一扇门。

"这就是，"她对我说，"我不再使用这个房间……就在客房里睡……你知道的……朝院子的那间……"

我待在门口。屋里还相当亮。窗户两侧挂着酒滓色窗帘。墙上贴着淡蓝色图案的壁纸。

"你认出来了？"她问我道。

"是的。"

靠里面墙放着一个床绷。我走过去坐在床绷边上。

"我能不能单独待几分钟？"

"当然啦。"

"这将使我回想起'当年的好时光'……"

她伤心地望了我一眼，点了点头。

"我去沏茶……"

她离开了房间，我环顾四周。这个房间的地板也坏了，地板条缺损，但窟窿没有填上。窗户对面，靠墙有个白色大理石的壁炉，上方有面镶金框、四角嵌贝壳的镜子。我横躺在床绷上，凝视着天花板，然后视线停留在墙纸的图案上。我几乎把额头贴在墙上，想看个仔细。乡野的场景。姑娘们戴着复杂的假发荡秋千。牧童穿着灯笼短裤弹奏曼陀林。乔林中月色溶溶。这一切唤不起我任何回忆，而当我在这张床上睡觉的时候，这些画一定对我并不陌生。我在天花板上、墙上、门那边寻找一个迹象，一丝痕迹，但不清楚究竟是什么。没有一样东西吸引住我的目光。

我站起来，一直走到窗前。我往楼下看。

街上僻静无人，比我进楼时更昏暗。警察仍在对面人行道上站岗。左边，如果我偏一下头，就能瞥见一个同样僻静无人的广场，有另外一些警察在站岗。所有这些楼房的窗户似乎吸收了渐渐降临的夜色。这些窗户是黑的，看得出里面无人居住。

于是，我心里咯噔了一下。从这间屋里看到的景象使我产生了已经领略过的不安和忧虑。这些房屋的正面，这条僻静的街，这些在暮色中站岗的人影，暗中令我心慌意乱，正如往昔熟悉的一首歌，或一种香水。我确信，过去在同一时刻，我经常待在这儿窥伺，纹丝不动，不做任何动作，甚至不敢开灯。

我回到客厅时，以为一个人都没有了，但她躺在丝绒长椅上睡着了。我轻轻地走过去，在长椅的另一头坐下。白羊毛地毯中间放了一个托盘，里面有个茶壶和两只茶杯。我轻咳了两声。她没有醒。于是我在两只杯子里斟了茶。茶是凉的。

长椅旁的灯只照亮一部分房间，我几乎辨不出桌子、人体模型和缝纫机，以及德妮丝扔在这儿的东西。我们在这个房间里是如何度过夜晚的？怎样才能知道呢？

我一小口一小口地啜着茶。我听见她的呼吸声，难以觉察的呼吸声。但房间如此寂静，哪怕最小的声响，最轻的耳语，也清晰得令人不安。何必叫醒她呢？她无法告诉我许多事。我把茶杯放在羊毛地毯上。

离开房间时，地板被我踩得咯啦咯啦地响。我走进过道。

我摸索着找门，然后找楼道的定时灯。我尽可能轻地关上门。刚推开另一扇镶小方格玻璃的门，准备穿过楼房入口处时，心里又咯噔了一下，和刚才凭窗眺望时一样。入口处球形玻璃罩顶灯挥洒下一片白光。渐渐地我习惯了这过于耀眼的光。我待在那儿凝视着灰墙和门上闪闪发光的小方格玻璃。

一种感觉油然而生，好像那些稍纵即逝的梦的碎片，你醒来时试图抓住它们，以便把梦补圆。我觉得自己在漆黑的巴黎行走，推开康巴塞雷斯街这幢楼房的门。突然间我的眼睛被晃得睁不开来，有几秒钟我什么也看不见，因为入口处的白光与外面的夜色反差太大了。

这是哪个年代的事？名叫佩德罗·麦克埃沃依的我，每晚会回到这里？我认得出入口、长方形大擦鞋垫、灰墙、有一道铜箍的球形玻璃罩顶灯吗？在门的小方块玻璃后面，我看见楼梯的起步，真想登上楼梯，再做一遍我做过的动作，走走以前的路线。

　　我相信，在各栋楼房的入口处，仍然回响着天天走过、然后失去踪影的那些人的脚步声。他们所经之处有某种东西在继续颤动，一些越来越微弱的声波，如果留心，仍然可以接收到。其实，我或许根本不是这位佩德罗·麦克埃沃依，我什么也不是。但一些声波穿过我的全身，时而遥远，时而强烈，所有这些在空气中飘荡的分散的回声凝结以后，便成了我。

十六

　　康邦街，卡斯蒂耶旅馆。接待处对面有间小客厅。玻璃门书橱里摆放着一套 L. 德·维埃尔-卡斯泰尔撰写的《王朝复辟史》。一天晚上，上楼回房间前，我或许取了其中的一卷，并把当作书签用的信、相片或电报忘在了书中。但我不敢向守门人要求翻阅十七卷书，以便寻回自己的踪迹。

　　旅馆尽里面有个小院，墙上搭了绿色格子架，上面爬满常春藤。地面呈赭石色，网球场沙地的颜色。有几张花园的桌椅。

　　这么说，我和德妮丝·库德勒斯在这儿生活过。我们的房间朝向康邦街还是朝向院子？

十七

　　奥斯特利茨滨河路9号乙。一栋四层楼，一扇可通车辆的大门开向一条墙壁漆成黄色的过道。一间"海员咖啡馆"，玻璃门后挂着一块牌子，上面用鲜红的字母写着：MEN SPREEKT VLAAMCH。

　　柜台前挤着十来个人。我在靠里面墙的一张空桌边坐下。墙上有幅港口的大照片，照片下方写着：安特卫普。

　　顾客们在柜台前大声讲着话。他们大概都在本街区工作，来喝一杯晚餐前的开胃酒。玻璃门旁有架电动弹子机，一个穿海军蓝色西装、打着领带的人站在它前面，他的服装与身穿羊皮黑上衣、皮上装或工作服的其他人构成鲜明的对照。他沉着地玩着，用一只软绵绵的手拉着电动弹子机的弹簧柄。

　　香烟和烟斗冒出的烟刺痛我的眼睛，呛得我咳嗽。空气中飘着熬猪油的气味。

“你要什么？”

我没有看见他走过来。我甚至想不会有人来问我要什么，因为我坐在尽里面的桌子边，不会被人注意。

“一杯速溶咖啡。”我对他说。

这是个身材矮小的人，年龄六十上下，一头白发，满面通红，大概几杯开胃酒已下了肚。浅蓝色的眸子在鲜红面色的衬托下显得更淡。这白、红、蓝三色如同给陶器涂的彩釉，使人快活。

“请原谅……”正当他回柜台的时候，我对他说，“门上的字是什么意思？”

“MEN SPREEKT VLAAMCH？”

他嗓音洪亮地讲出这句话。

“是呀？”

“意思是：此处讲弗拉芒语。”

他把我扔下，摇摇晃晃地朝柜台走去，粗暴地用胳膊推开挡他道的顾客。

他用两手端着一杯咖啡回来，两臂前伸，仿佛尽力避免杯子跌落。

“来了。”

他把杯子放在桌子中间，像到达终点的马拉松赛跑运动员一样喘着粗气。

"先生……你听说过……库德勒斯吗？"

我蓦然提出了问题。

他倒在我对面的椅子上，交叉起双臂。

他仍在喘气。

"怎么了？你认识……库德勒斯？"

"不，但在家里听人谈起过他。"

他的面色变成了砖红色，鼻翼沁出了汗珠。

"库德勒斯……原先他住楼上，在三楼……"

他稍有口音。我喝了一口咖啡，决意听他讲，因为再提一个问题或许会把他吓住。

"他以前在奥斯特利茨车站工作……他妻子是安特卫普人，和我一样……"

"他是不是有个女儿？"

他微微一笑。

"是的。一个漂亮的小姑娘……你认识她？"

"不认识，但我听说过……"

"她现在怎么样？"

"我正想知道哩。"

"那时她每天早上来给父亲买香烟。库德勒斯抽洛朗牌……一种比利时的香烟……"

他沉浸在回忆里，我相信他和我一样，听不见大声谈笑和我们身边电动弹子机机关枪扫射似的响声了。

"库德勒斯，热心肠的一条汉子……我常常和他们一起吃饭，在楼上……我和他妻子讲弗拉芒话……"

"你不再有他们的消息了？"

"他死了……他妻子回安特卫普了……"

他挥手在桌面上一扫。

"这一切，是多年以前的事了……"

"你说她来给父亲买香烟……是什么牌子来着？"

"洛朗牌。"

我希望记住这个牌子。

"一个怪女孩……十岁时已经和我的顾客打台球了……"

他朝我指了指咖啡馆尽头的一扇门，它一定是通向台球室的。这么说她是在这儿学会玩台球的。

"等等，"他对我说，"我要给你看样东西……"

他身子笨重地站起来，朝柜台走去。他再次用胳膊推开所有挡他道的人。大多数顾客戴着海员帽，讲着古怪的语言，想必是弗拉芒语。我想是因为在奥斯特利茨码头停泊的大概是来自比利时的驳船。

"喏……你看……"

他在我对面坐下，递给我一本旧时装杂志，封面上有位少女，栗色头发，眼睛明亮，相貌中有某种亚洲人的特点。我立即认出她是德妮丝。她戴顶黑色女式圆帽，手执一束兰花。

"这是德妮丝，库德勒斯的女儿……你看……一个漂亮的小姑娘……她当过模特儿……我认识她时，她还是个孩子……"

杂志封面污迹斑斑，贴着透明胶带。

"我呢，她来买洛朗牌香烟时，我总见到她……"

"她没当过……女裁缝？"

"没有。我想没有。"

"你真不知道她现在的情况吗？"

"不知道。"

"你没有她母亲在安特卫普的地址吗？"

他摇摇头，神情悲戚。

"这一切，老弟，全结束了……"

为什么？

"你能不能把这本杂志借给我？"我问他道。

"可以，老弟，但你得答应还给我。"

"我答应。"

"我很珍惜它。它如同家人的纪念品。"

"她几点钟来买香烟？"

"总在八点差一刻。去上学前。"

"哪所学校？"

"热奈街。我和她父亲有时陪她去学校。"

我朝杂志伸出手，迅速抓住它，把它拿过来，心怦怦地跳。因为他有可能改变主意，留着它不外借。

"谢谢。明天我给你送回来。"

"一定啊！"

他一脸怀疑地望着我。

"你为什么对这个感兴趣？你是她亲戚吗？"

"是。"

我忍不住凝视着杂志封面。德妮丝比我已有的照片显得年轻些。她戴着耳环，比兰花长的几支蕨草把她的脖颈遮去了一半。远处有尊天使木雕。下方，在照片左下角，用红笔写了几个极小的字，在黑色圆帽的衬托下更加鲜明：让-米歇尔·芒苏尔摄。

"你想喝点什么吗？"他问我道。

"不，谢谢。"

"那么，这杯咖啡算我请你的。"

"你太客气了。"

我站起来，手里拿着杂志。他走在我前面，替我开道，柜台前的顾客越来越多。他不时用弗拉芒语对他们讲句话。

我们用了很长时间才走到玻璃门前。他打开门，擦了擦鼻子上的汗。

"你别忘了还我，嗯？"他指着杂志对我说。

他关上玻璃门，随我在人行道上走。

"你看……他们住在楼上……三楼……"

窗户亮着灯。在一个房间的尽里头，我看见一个深色木衣橱。

"有了别的房客……"

"你和他们一起吃饭是在哪个房间？"

"那一间……在左边……"

他向我指着窗户。

"德妮丝的卧室呢？"

"它朝另一侧……朝院子……"

他在我身边，若有所思。我终于向他伸出手。

"再见。我会把杂志给你送回来的。"

"再见。"

他走进咖啡馆。他望着我，发红的大脸庞贴在门玻璃上。烟斗和香烟冒出的烟把柜台前的顾客笼罩在一片黄雾中，他的气息使玻璃蒙上水汽，发红的大脸庞也变得愈来愈模糊。

天黑了。德妮丝放学回家的时间，如果她上晚自习的话。她走哪一条路呢？她从右边抑或从左边来？我忘记问咖啡馆的老板了。那个时候，车辆行人较少，奥斯特利茨滨河路上，法国梧桐绿荫如盖。远处的火车站一定像西南部一座城市的火车站。再远处，植物园、酒市场的阴影和沉寂使这个街区更加宁静。

我走进大楼的门，揿亮了定时灯。一条走廊，旧石板地面有黑灰二色的菱形图案。一块铁制擦鞋垫。黄墙上有信箱。仍有熬猪油的气味。

我想，如果我闭上眼睛，聚精会神，手指顶着额头，我也许会听到，远远的，她穿着便鞋喀嗒喀嗒上楼的声音。

十八

　　我相信，我和德妮丝第一次见面是在一家旅馆的酒吧间里。和我在一起的有照片上的那个人，我儿时的朋友弗雷迪·霍华德·德·吕兹，还有盖·奥尔洛夫。他俩从美国回来，暂时住在旅馆里。盖·奥尔洛夫告诉我她在等一位女友，她刚认识的一位姑娘。

　　她朝我们走来，她的面孔立即给我留下深刻的印象。一张亚洲人的面孔，尽管她的头发几乎是金黄色的。一双十分明亮的、有蒙古褶的眼睛。高颧骨。戴一顶古怪的小帽，那形状令人联想到奥地利西部蒂罗尔人的帽子。她的头发剪得很短。

　　弗雷迪和盖·奥尔洛夫要我们稍等片刻，然后上楼回到他们的房间。我们面对面坐着。她嫣然一笑。

　　我们没有讲话。她的眸子颜色很淡，不时闪过绿光。

十九

让-米歇尔·芒苏尔。加布里埃尔街1号，第十八区。
CLI7 2—01。

二十

　　"对不起。"当我来到布朗什广场一家咖啡馆，在他的桌边坐下时，他对我说。是他打电话约我晚六时前后在这里与他会面的。"对不起，我约会总在外面……尤其是第一次接触……现在，我们可以去我家了……"

　　我很容易便认出了他，因为他向我说明他会穿一套深绿色条绒服装，他的头发是白的，很白，留平头。这种简单的发式与他眨个不停的黑色长睫毛、杏仁眼和女性的嘴巴很不相称：上唇线条弯弯曲曲，下唇绷紧，仿佛在发号施令。

　　他站着，看上去身材中等。他套上一件雨衣，我们走出了咖啡馆。

　　我们来到克利希大道的土堤，他指着"红磨坊"旁的一栋楼对我说：

　　"要在以前，我就约你到格拉夫咖啡馆会面了……在那边……现在已经不在了……"

我们穿过林荫大道，走上库斯图街。他加快步伐，不时朝左边人行道上海蓝色的酒吧间偷偷看上一眼。我们到达大车库时，他几乎边走边跑了。他在勒皮克街的拐角停下脚步。

"请原谅，"他气喘吁吁地对我说，"这条街使我想起一些怪事……请原谅……"

他的确吓坏了。我甚至相信他在发抖。

"现在好些了……在这儿，一切都会好的……"

他面带微笑，注视着前方勒皮克街的斜坡，市场的货摊以及灯火通明的食品店。

我们走上阿贝斯街。他镇静地迈着轻松的步子。我真想问问他库斯图街使他想起哪些"怪事"，但我不敢造次，也怕触发他那令我惊慌的神经质。突然，在到达阿贝斯广场前，他又加快了步子。我在他右边走。正当我们穿过日耳曼-皮隆街的时候，我见他惊恐万分地朝这条房屋低矮阴暗、坡度较陡、一直通向林荫大道的窄街望了一眼。他紧紧抓住我的胳膊。他抓住我不放，仿佛想摆脱掉注视这条街的念头。我把他拖到对面的人行道上。

"谢谢……你知道……这非常怪……"

他迟疑着，真心话到了嘴边。

"我……每次我穿过日耳曼-皮隆街街口便感到头晕……我……我想沿街走下去……我控制不住……"

"为什么你不沿街走下去呢？"

"因为……这条日耳曼-皮隆街……以前有……有个地点……"

他停住不说了。

"啊……"他带着茫然的笑对我说，"我真傻……蒙玛特尔变化那么大……说起来话长……你没见过以前的蒙玛特尔……"

他又知道什么呢？

他住在加布里埃尔街，圣心花园边上的一幢楼里。我们从侧梯上了楼。他花了好长时间才打开门：他用不同的钥匙打开了三道锁，那样慢，那样专心，仿佛在用繁琐的办法开启保险箱。

套房极小，只有一间客厅和一间卧室，大概是用一间屋子隔成的。粉红色的缎子帷幔挂在银线编的细绳上，将卧室与客厅分开。客厅四壁贴着天蓝色的绸子，仅有的一扇窗被同样颜色的窗帘遮住。黑漆独脚小圆桌上摆放着象牙雕刻和玉制品。低矮的安乐椅，面子是淡绿色的。长沙发的绿布面颜色更浅，点缀着花枝图案。整个客厅看上去像只糖果盒。光线来自镀金的壁灯。

"请坐。"他对我说。

我在花枝图案的长沙发上坐下。他坐在我身边。

"那么……拿给我看吧……"

我从上衣兜里拿出时装杂志，向他指了指封面上的德妮丝。他从我手中接过杂志，戴上粗大的玳瑁架眼镜。

"是的……是的……让-米歇尔·芒苏尔摄……正是我……毫无疑问……"

"你记得这位姑娘吗？"

"根本不记得。我难得为这家报纸工作……这是一份时装小报……我主要为《时尚》工作，你明白吗？"

他想强调自己与小报有一定的距离。

"你不知道这张照片的其他细节吗？"

他神情快活地打量着我。在壁灯的光线下，我发现他的脸上有些细小的皱纹和雀斑。

"亲爱的，我马上就告诉你……"

他站起来，手里拿着杂志。他用钥匙打开一扇门，我一直没有注意到这扇门，因为它和四壁一样贴着天蓝色的绸子。它通向一个小房间。我听见他拉开又关上许多金属抽屉的声音。几分钟后，他从小房间出来，仔细地关上门。

"瞧，"他对我说，"我有底片的小卡片。我从一开始就保存了一切……按照年份和字母顺序排列……"

他又过来在我身边坐下，查看着卡片。

"德妮丝……库德勒斯……是这样吗？"

"是。"

"我后来再没给她拍过照片……现在，我想起这位姑娘来了……赫伊尼根·洪恩给她拍了许多照片……"

"谁？"

"赫伊尼根·洪恩，一位德国摄影师……对了……是这样……她常与赫伊尼根·洪恩一起工作……"

每当芒苏尔说出这个如梦似幻、呻吟般的名字时，我便觉得德妮丝的一双浅色眼睛的视线好像第一次停留在我身上。

"我有她当年的地址，如果你感兴趣……"

"我感兴趣。"我用变了调的声音答道。

"巴黎第十七区，罗马街97号。罗马街97号……"

他蓦地朝我仰起头。脸白得吓人，两眼瞪得老大。

"罗马街97号……"

"可是……怎么了？"我问他道。

"现在，我清楚地记起这位姑娘来了……我原先有个朋友住在同一栋楼里……"

他满腹狐疑地望着我，似乎和他穿过库斯图街以及上半段日耳曼-皮隆街时一样心慌意乱。

"奇怪的巧合……我记得十分清楚……我去罗马街她家里找她拍照片，顺便去看看这位朋友……他住在上面一层……"

"你去过她家？"

"去过。但是我们在我朋友家拍……他陪着我们……"

"哪位朋友？"

他的面色愈来愈苍白。他很害怕。

"我……这就给你解释……但在这以前，我想喝点什么……给自己壮壮胆……"

他起身朝一个活动小餐桌走去，把它推到长沙发前。桌子上层放了一排长颈大肚水晶塞玻璃瓶，像德国党卫军乐师们戴在脖子上的那种表链状银牌上刻着利口酒的名字。

"我只有甜烧酒……你不介意吗？"

"一点也不。"

"我喝一点玛丽·布里扎尔酒……你呢？"

"我也一样。"

他在狭长的杯子里斟了玛丽·布里扎尔酒，当我品着甜烧酒时，它与缎子、象牙雕刻以及四周有些令人作呕的包金饰物融为一体。这便是这套房子的精华。

"那位住在罗马街的朋友……被人谋杀了……"

他吞吞吐吐地讲出最后一个字眼，他肯定是为我才做出这番努力的，不然他不会有勇气使用如此确切的字眼。

"他是埃及的希腊人……写过一些诗和两本书……"

"你认为德妮丝·库德勒斯认识他吗？"

"啊……她大概在楼梯上碰到过他。"他气恼地对我说，因为这个细节对于他毫无意义。

"那……在楼里出的事？"

"是的。"

"德妮丝·库德勒斯当时住在楼里吗？"

他甚至没听见我的问题。

"夜里出的事……他叫了一个人去他楼上的套房……他随便叫人进他的套房……"

"凶手找到了吗？"

他耸了耸肩。

"这类凶手是永远找不到的……我料定他终究会出事……要是你见过他邀请晚上去他家的某些男人的嘴脸……即使在大白天我也会害怕的……"

他露出古怪的笑容，既激动，又恐惧。

"你的朋友叫什么？"我问他道。

"阿莱克·斯库菲。亚历山大的一位希腊人。"

他蓦地站起来，撩开天蓝色的绸窗帘，露出了窗户。然后他回到长沙发我身旁的座位上。

"请原谅……有些时候我觉得有人藏在窗帘后面……再来点玛丽·布里扎尔？是的，一丁点玛丽·布里扎尔酒……"

他尽力装出快活的语调，紧紧抓住我的胳膊，仿佛想向自己证明我的确在那儿，在他身边。

"斯库菲来法国定居……我是在蒙玛特尔认识他的……他写了一部出色的书，名叫《下碇的船》……"

"可是，先生，"我嗓音坚定，一字一顿地说，以便他这次赏脸听见我的问题，"既然你告诉我德妮丝·库德勒斯住在下面一层，那天夜里她一定听见了一些异常的动静……她一定作为证人被盘问过……"

"也许吧。"

他耸了耸肩膀。不，这位对我如此重要，我想知道其一举一动的德妮丝·库德勒斯，显然丝毫引不起他的兴趣。

"最可怕的，是我认识凶手……他使人产生错觉，因为他长着一副天使的面孔……不过他的目光十分冷酷……灰色的眼睛……"

他哆嗦了一下。仿佛他谈论的那个人就在这儿，在我们面前，灰色的目光如利剑般穿透他的身体。

"一名无耻的小流氓……我最后一次见到他是在占领时期，康邦街一家位于地下层的餐馆里……他和一个德国人在一起……"

回忆起这件事，他声音发抖。尽管我一心想着德妮丝·库德勒斯，但是这个尖利的嗓音，这种愤愤不平的抱怨，使我产生了一种难以解释的印象，我觉得它是显而易见的：骨子里，他嫉妒朋友的命运，他忌恨灰眼睛的家伙没有暗杀他。

"他还活着……他始终在这儿，在巴黎……是有个人告诉我的……当然，他没有那副天使面孔了……你想听他的声音吗？"

不等我回答这个令人惊讶的问题，他已经拿起我们身边一个皮墩子上的电话，并且拨了号码。他把听筒递给我。

"你就要听到他的声音了……注意……他叫'蓝骑士'……"

最初我只听见表明电话占线的那种短促的、一再重复的铃声。接着，在铃声的间隙中，我分辨出一些男人和女人的呼叫声：莫里斯和约西希望勒内来电话……吕西安等国民公会街的让诺……迪巴里夫人寻伴儿……阿尔西比亚德今晚独自一人……

一些对话开始了，一些声音在互相寻找，尽管电话铃声经常把它们盖住。这些没有面孔的人都试图相互交换一个电话号码，一句暗语，希望能见一面。终于我听见一个比其他声音更遥远的声音重复着：

"'蓝骑士'今晚有空……'蓝骑士'今晚有空……请给电话号码……请给电话号码……"

"怎么样，"芒苏尔问我道，"你听见他了吗？你听见他了吗？"

他把耳朵贴在电话耳机上，他的脸靠近我的脸。

"我拨的号码早就没有用户了，"他向我解释道，"于是，他们发觉可以用这种方式联系。"

他不再讲话，更注意地倾听"蓝骑士"。我呢，我想所有这些声音都是九泉之下的声音，故世者的声音——它们四处游荡，只有通过一个改变了用途的电话号码才能互相应答。

"这真可怕……真可怕……"他把耳机紧贴着耳朵重复道，"这个杀人犯……你听见他了吗？"

他蓦地挂上电话。他浑身是汗。

"我要给你看被这个小流氓暗杀的我的朋友的一张照片……我还要设法为你找到他的小说《下碇的船》……你应该读读……"

他起身走进用粉红绸幔与客厅隔开的卧室。它被绸幔遮住了一半，我瞥见一张十分低矮的床，上面铺着原驼毛皮。

我一直走到窗前，俯视着蒙玛特尔缆索铁道、圣心花园和更远处的整个巴黎，它的万家灯火、房顶、暗影。在这迷宫般的大街小巷中，有一天，我和德妮丝·库德勒斯萍水相逢。在成千上万的人横穿巴黎的条条路线中，有两条互相交叉，正如在一张巨大的电动台球桌上，成千上万只小球中有时会有两只互相碰撞。但什么也没有留下，连黄萤飞过时的一道闪光也看不见了。

　　芒苏尔上气不接下气地又出现于粉红幔子中间，手里拿着一本书和好几张照片。

　　"我找到了！我找到了！"

　　他满面春风。他大概曾担心忘记把这些珍贵的纪念品放在哪里了。他在我对面坐下，把书递给我。

　　"瞧……我珍藏着它，但我把它借给你……你绝对应该读读它……这是本好书……多么准确的预感！阿莱克料到他会死……"

　　他的脸色阴沉下来。

　　"我再送给你他的两三张照片……"

　　"你不想留着吗？"

　　"不，不！别担心……这样的我有好几十张……还有全部底片！"

　　我想求他给我印几张德妮丝·库德勒斯的相片，但我不敢。

"我很高兴把阿莱克的相片送给你这样的小伙子……"

"谢谢。"

"你从窗户往外看了吗？景色很美，嗯？真想不到谋害阿莱克的凶手就在这里……"

他用手背抚摸着窗玻璃，指着楼下整个巴黎。

"现在，他一定老了……一个可怕的老人……化了装……"

他怕冷似地拉上了窗帘。

"我宁愿不去想他。"

"我得回去了，"我对他说，"再次谢谢你送我照片。"

"你把我一个人留下？你不想最后再喝点玛丽·布里扎尔酒吗？"

"不，谢谢。"

他陪我穿过一条贴着暗蓝色丝绒、靠花彩边小水晶壁灯照明的走廊，一直走到侧梯门口。我注意到门旁墙上挂着一个男人的椭圆形照片。一个头发金黄的男人，面孔英俊刚毅，一双眼睛如梦似幻。

"理查德·沃尔……一位美国朋友……也被谋害了……"

他站在我面前，驼着背。

"还有其他的人，"他低声对我说，"其他许多人……如果我计算一下……所有这些死者……"

他为我打开门。我见他如此心慌意乱，便拥抱了他。

"老兄，别担心。"我对他说。

"你会再来看我的，是吧？我太孤单了……我害怕……"

"我会再来的。"

"你千万要读阿莱克的书……"

我壮起胆子。

"劳驾……你能不能给我印几张……德妮丝·库德勒斯的相片？"

"当然可以。随便你要什么……别丢了阿莱克的相片。在街上要小心……"

他关上了门，我听见他一个接一个地插上插销。我在楼梯平台待了片刻。我想象着他从深蓝色走廊回到饰以粉红和绿色缎子的客厅。在那儿，我肯定他又会拿起电话拨号码，兴奋地把听筒贴着耳朵，不厌其烦地一边哆嗦一边倾听"蓝骑士"遥远的呼叫。

二十一

　　这一天，我们乘德妮丝的敞篷车一早便出发了，我相信我们经过了圣克卢门。那天有太阳，因为德妮丝戴了一顶大草帽。

　　我们抵达塞纳-瓦兹省或塞纳-马恩省的一座村庄，驶上一条坡度平缓、两侧植树的街。德妮丝把车停放在通花园的一道白栅栏门前。她推开栅栏门，我在人行道上等她。

　　花园中央有株垂杨柳，尽头有幢平房。我见德妮丝走进了平房。

　　她带了一位金黄头发、穿灰裙的十来岁的小姑娘回来了。我们三人上了车，小姑娘在后座，我在驾车的德妮丝身旁。我记不起我们在哪儿吃的午饭。

　　下午，我们在凡尔赛公园散步，和小姑娘一起划了船。水面上的阳光晃得我睁不开眼。德妮丝把她的墨镜借给了我。

后来，我们三人坐在一把遮阳伞下的桌子周围，小姑娘在吃一客绿色和粉红色的冰淇淋。我们身旁有许多身着夏装的人。乐队演奏着乐曲。夜幕降临，我们送小姑娘回去。穿过城市时，我们经过一个集市，在那里作了停留。

我眼前又浮现出黄昏时分空寂无人的大街，德妮丝和小姑娘在一辆淡紫色的碰碰车里，它留下一道电火花。她们笑着，小姑娘用胳膊向我打招呼。她是谁呢？

二十二

这天晚上，我坐在事务所的办公室里，细细端详芒苏尔送给我的照片。

一个胖男人，坐在一张长沙发中间。他身穿绣花绸晨衣。右手的拇指和食指之间夹着一只烟嘴。左手翻着放在膝头的一本书。他秃顶，浓眉，眼睑低垂。他在读书。鼻子粗短，嘴角露出一丝苦涩，脸胖乎乎的，带有东方人的特点，像头捕鼠犬。他的上方，是我在杂志封面德妮丝·库德勒斯身后注意到的那尊天使木雕。

在第二张照片上，他站着，穿套白色西装，上衣有双排钮，里面是条纹衬衣，打深色领带。他左手握着一根圆头手杖。屈着的右臂和半张的手使他的姿态显得矫揉造作。他身体笔直，几乎是踮着双色皮鞋的鞋尖站着。他渐渐脱离了相片活动起来，我见他一瘸一拐地在林荫大道的树下走着。

二十三

一九六五年十一月七日

　　调查对象：亚历山大·斯库菲。

　　出生地点和时间：亚历山大（埃及），一八八五年四月二十八日。

　　民族：希腊。

　　亚历山大·斯库菲于一九二〇年首次来到法国。

　　他先后居住在：

　　那不勒斯街26号，巴黎（第八区）；

　　伯尔尼街11号，巴黎（第八区），带家具出租的一套房里；

　　芝加哥旅馆，罗马街99号，巴黎（第十七区）；

　　罗马街97号，巴黎（第十七区），六楼。

斯库菲是位作家，在多家杂志上发表过许多文章，还发表过各类诗歌和两部小说：《带家具出租的金鱼旅馆》和《下碇的船》。

他还学习过声乐，尽管不是职业歌剧演员，但曾在普莱耶尔音乐厅和布鲁塞尔货币剧院演出。在巴黎，斯库菲引起了风化警察大队的注意。他被视为不受欢迎的人，甚至考虑过将他驱逐出境。

一九二四年十一月，当时他住在那不勒斯街26号，因试图奸污一名未成年者受到警察审问。

一九三〇年十一月至一九三一年九月，他在罗马街99号芝加哥旅馆居住，陪住者皮埃尔·D，二十岁，凡尔赛第八工兵连士兵。斯库菲似乎经常光顾蒙玛特尔的特殊酒吧。他继承了父亲在埃及的产业，收入丰厚。

他在罗马街97号的单身汉小公寓里被谋杀。凶手一直未查明。

调查对象：德·弗雷德，奥列格。

AUTeuil 54—73

该姓名持有者的身份一直未能查明。

它可能是笔名或化名。

抑或是一位在法国短期逗留的外国侨民的姓名。

电话号码 AUTeuil 54—73 自一九五二年起已无人使用。

一九四二年至一九五二年十年间，该电话号码的用户为：

彗星汽车修理厂

福科街 5 号，巴黎第十六区。

该汽车修理厂自一九五二年起关闭，不久将在原址盖一幢供出租的楼房。

随这页打字纸附了一张便条：

"亲爱的朋友，这是我能搜集到的全部材料。如果你需要别的情况，请速来信告知。代向于特问好。

你的让-皮埃尔·贝纳尔迪"

二十四

在我朦胧的记忆中，为什么浮动着斯库菲这个长着叭喇狗嘴脸的胖男人，而不是别人的身影呢？或许因为那套白西装。一个鲜明的斑点，如同拧开收音机的旋钮，在轻微的爆烈声和所有的干扰噪声中，突然响起乐队演奏的乐曲或一条嗓子清脆的音色……

我回忆起这套西装在楼梯上构成的明亮斑点，以及圆头手杖在梯级上有规则的、低沉的敲击声。他在每层楼梯平台都停下。我上楼去德妮丝的套房时，数次与他交错而过。我准确地回想起黄铜楼梯扶手、浅灰褐色墙、每套房的双重深色木门，各层楼通宵点着的小支光电灯，以及从黑暗中出现的那张脸，叭喇狗的那种温柔而忧伤的眼神……我甚至相信他经过时同我打过招呼。

罗马街和巴蒂尼奥尔林荫大道的拐角有家咖啡馆。夏天，人行道上设立露天座，我坐在其中的一张桌边。这是晚上。我在等德妮丝。夕阳的余晖滞留在铁道边，罗马街另一侧汽车修理厂的正面墙和彩绘大玻璃窗上……

突然，我瞥见他穿过林荫大道。

他身穿那套白西装，右手拄着圆头手杖。走路稍微有些跛。他朝克利希广场走远了，我目不转睛地盯着土堤树下这个僵直的白色身影。它愈来愈小，愈来愈小，终于消失了。于是，我喝了一口掺水薄荷酒，寻思着他去那边做什么。他去赴哪个约会呢？

德妮丝经常迟到，她有工作。现在，由于这个沿林荫大道愈走愈远的白色身影，我想起了一切。她在拉博埃西街一家妇女时装店工作，经营者是位头发金黄、身材颀长的家伙，后来大家常常议论他，当时他刚开业。我记得他的名字：雅克，如果我有耐心，一定会在于特办公室的旧版《社交人名录》中找到他的姓名……

她来这家咖啡馆露天座找我时，夜幕已经降临，但我对此并不介意，而那杯掺水薄荷酒让我可以待很久。我宁可在露天座，也不愿在附近德妮丝那套小房间里等待。他像通常一样穿过林荫大道。他的西装似乎发出磷光。有天晚上，德妮丝和他在土堤树下交谈了几句。这套白得耀眼的西装，这张叭喇狗的茶褐色面孔，电火花般绿色的树叶，有一股夏季的、非现实的情调。

与他方向相反，我和德妮丝沿着库塞尔林荫大道漫步。这时的巴黎和这位斯库菲发出磷光的西装一样带着夏季的、非现实的情调。我们在夜色中游来荡去，经过蒙索公园栅栏前时，空气中弥漫着女贞树的香气。车辆极少。红绿灯白白地点亮，两种颜色交替发出的信号与棕榈叶的摇摆一样柔和，一样有规律。

　　几乎在奥什大街尽头，左边，不到星形广场，原属巴西尔·扎哈罗夫爵士的公馆二楼的大窗户一直亮着。后来——也许在同一时期——我常常登上这座公馆的二楼：一些办公室，办公室里总有很多人。一群群人在交谈，另一些人在兴奋地打电话。你来我往，人流不断。这些人连大衣也不脱。为什么过去的某些事像照片一样准确地浮现在眼前呢？

　　我们在维克多·雨果大街那边的一家巴斯克餐馆吃晚饭。昨晚，我试图找到它，但没有成功，尽管我在整个街区找了一遍。它位于两条十分静谧的街的拐角，餐馆前有露天座，摆放着几大盆青翠的草木，挂着红绿二色的大篷帘。人很多。我听见嗡嗡的交谈声，酒杯的叮当声；我看到餐馆内桃花心木的酒吧台，上方一幅长壁画，描绘银色海岸的景色。我还记得某些人的面孔。金黄头发、高挑个儿的家伙，德妮丝在他位于拉博埃西街的店里工作，他来到我们桌边小坐片刻。一位留唇髭、棕色头发的男人，一位棕红色头发的女子，另外一位头发金黄卷曲、笑个不停的男人，可惜我无法给这些面孔安上名字……一名秃脑门的酒吧侍者调制只有他知道诀窍的鸡尾酒。只要重新找到鸡尾酒的名字——它也是餐馆的名字——就能唤起其他的回忆，但用什么办法呢？昨晚，我走遍了这些街道，我知道它们和从前一模一样，但我认不出来了。一栋栋楼房没有改变，人行道的宽度也没有改变，但当年的灯光不一样，空气中飘荡着别的东西……

　　我们从同一条路回来。我们常去看电影，在本街区的一间放映厅，我在勒维广场找到了它：皇家维利耶影院。使我认出该地点的，是广场及其长椅、海报柱和树木，而远远不是影院的外观。

　　倘若我记得我们看过的影片，就能准确地确定年代了，但是这些影片只给我留下一些模糊的图像：一架雪橇在雪中滑行；一名身穿无尾长礼服的男子走进大型客轮的船舱；一扇落地窗后有些翩翩起舞的身影……

　　我们重返罗马街。昨晚，我沿这条街一直走到97号，看到栅栏、铁道和铁道另一侧的"迪博奈"广告，我相信我的焦虑感和当年是一模一样的。广告占了一幢楼的整整一面墙，从那时起肯定褪了颜色。

在 99 号，芝加哥旅馆已不叫芝加哥旅馆，但接待处的人谁也无法告诉我它何时改了名字。这事毫不重要……

97 号是幢宽大的楼房。倘若斯库菲住六楼，德妮丝的套房就在下面一层，在五楼。在楼的左侧还是右侧？楼的正面每层至少有十二扇窗户，所以每层大概有两三套房子。我久久注视着楼房正面，希望认出一个阳台，一扇窗的形状或护窗板。不，我什么也想不起来。

楼梯亦如此。扶手不是我记忆中的闪闪发亮的黄铜扶手。套房的门也不是深色木门。定时灯的灯光尤其没有那层轻纱似的薄雾，斯库菲那张神秘的、叭喇狗似的嘴脸便是从这轻纱中露出来的。没有必要询问女门房。她会起疑，再说门房换了人，正如事事都改变了一样。

斯库菲被人暗杀时，德妮丝仍住在这里吗？如果我们住在下一层，这样的惨事本该留下一些痕迹。但它在我的记忆中没留下任何印象。德妮丝大概没有在罗马街 97 号住很久，也许仅仅几个月。我和她住在一起吗？抑或我在巴黎还有别的住处？

记得有一夜我们回来很晚。斯库菲坐在楼梯上，两手交叉于手杖的圆头上，下巴靠着双手。他的神情沮丧到极点，叭喇狗似的眼神充满忧伤。我们在他面前停下来。他没有看见我们。我们本想和他讲几句话，帮他上楼回房间，可他纹丝不动，活像一尊蜡像。定时灯熄了，只剩下他那身西装磷光闪闪的白点。

这一切，大约发生在我和德妮丝相识之初。

二十五

　　我拧灭电灯，但没有离开于特的办公室，在黑暗中待了几秒钟。然后，我打开灯，又把它关上。我第三次开灯再关灯。这唤醒了我心中的某件事：我看见自己在我无法确定的一个时期关了一个房间的灯，这房间和于特的办公室一般大小。而这个动作，我每晚在同一时刻重复它。

　　尼耶尔林荫道的路灯照亮了于特的木办公桌和木扶手椅。当年，我拧熄电灯后，也一动不动地待几秒钟，仿佛害怕出去。尽里面靠墙有只玻璃门书柜，灰大理石壁炉上方有面镜子，一张写字台有许多抽屉，靠窗放了一张长沙发，我常躺在上面看书。窗户开向一条宁静的、树影婆娑的街。

　　这是一座小公馆，是南美某国公使馆的所在地。我不记得自己以什么名义在这个公使馆里占用一间办公室。我很少见到的一个男人和一个女人在我隔壁的办公室里，我听见他们在打字。

我接待的人寥寥无几，他们要求我发给他们签证。我在瓦尔布勒斯的园丁送给我的饼干盒里搜寻，仔细审视多米尼加共和国的护照和登记照片时，蓦然回想起这件事。不过我是替这间办公室的某个人工作。一位领事？一位代办？我没忘记我曾打电话向这人请示。他是谁呢？

首先，公使馆在哪儿？我花了好几天时间走遍第十六区，因为我记忆中的树影婆娑的宁静街道和这个街区的街道相似。我好像一名占卜地下水源的人，窥伺着手中摆锤任何微小的摆动。我在每条街的街头守候，希望树木、楼房能使我心头一震。在莫利托尔街和米拉波街的十字路口，我觉得有了这种感受，突然间确信每天晚上走出公使馆时，自己就置身于这个十字路口附近。

天黑了。我走过通向楼梯的走廊，听见打字的声音，我把头伸进微启的门。那男人已经走了，她独自坐在打字机前。我向她告别。她停止打字，转过身来。一位漂亮的棕发女子，我还记得她那张带有热带地区特征的脸。她对我讲了几句西班牙语，冲我嫣然一笑，又继续工作。我在衣帽间停留片刻，终于下决心出去了。

我敢肯定我走的是米拉波街，它笔直、昏暗，空寂无人，我加快步子，担心引人注意，因为我是唯一的步行者。

在广场上，凡尔赛大街的十字路口，有家咖啡馆还亮着灯。

有时我也走方向相反的路，穿过奥特依的寂静街道越走越远。在那儿，我感到安全。终于我走上米耶特堤道。我记得埃米尔-奥吉埃林荫大道的高楼大厦，以及朝右拐进的一条街。底层有扇窗户总亮着灯，窗玻璃和牙医诊所一样不透明。德妮丝在稍远处一家俄国餐馆里等我。

我经常列举酒吧间或餐馆的名字，但倘若当时没有一块街牌或灯光招牌，我怎能辨别方向呢？

餐厅后有座带围墙的花园，透过一个窗洞可以瞥见挂着红丝绒打褶帷幔的内厅。我们在花园的一张桌前坐下，天还亮着。有个人在演奏齐特拉琴。这件乐器的声调，花园的暮色，大概从邻近树林中飘来的树叶的清香，这一切为这一时辰增添了神秘的气氛和伤感的情调。我试图找到那家俄国餐馆。徒劳无益。米拉波街没有变化。有些晚上，在公使馆待得较晚，我便走凡尔赛大街。我本可以乘地铁，但我宁愿在露天行走。帕西码头。比拉凯姆桥。然后是纽约大街，那一晚我曾陪瓦尔多·布伦特走这条大街，现在我明白当时我为何心里发紧了。我不知不觉踩上了原先的脚印。我在纽约大街上走过多少遍？……阿尔玛广场，第一块绿洲。然后是王后大道的树木和清凉。穿过协和广场后，我几乎抵达目的地。王家街。朝右拐，圣奥诺雷街。

朝左拐，康邦街。

康邦街上没有灯，大概只有从一个橱窗折射出的淡紫色的光。人行道上响着我的脚步声。我踽踽独行。我又害怕了。每次我走上米拉波街便感到害怕，怕被人注意，怕被抓住，怕有人要我出示证件。离目的地只有数十米，这将多么遗憾。千万不能跑。我迈着有规律的步子一直走到头。

卡斯蒂耶旅馆。我跨进门。接待处没有人。我走进小客厅喘口气，擦干额头上的汗。这一夜我又逃脱了危险。她在楼上等我。她是唯一等我的人，是这座城市里唯一担心我失踪的人。

一个淡绿色墙壁的房间。红窗帘已拉上。床左边的床头灯亮着。我闻到她身上的香水味，一股胡椒的气味。我只看见她皮肤上的雀斑，和右臀上方的一颗黑痣。

二十六

晚七时左右，他和儿子从海滩归来，这是一天中他最喜爱的时刻。他牵着孩子的手，或者任其在他前面跑。

大街空寂无人，几缕夕阳滞留在人行道上。他们顺着连拱廊走。孩子每次都在"阿斯特里德王后"糖果店前停下来。他注视着书店的橱窗。

那天晚上，橱窗里有本书引起了他的注意。石榴红字母组成的书名中有"卡斯蒂耶"这个词。当时他正牵着儿子的手在连拱廊下走，儿子开心地跳过太阳射在人行道上的一条条光线，"卡斯蒂耶"这个词儿使他回想起巴黎圣奥诺雷城关附近的一家旅馆。

一天，有个人约他在卡斯蒂耶旅馆见面。他在奥什大街的办公室里，在那些低声谈生意的古怪的人们中间碰到过他。这人提出卖给他一枚首饰别针和一对钻石手镯，因为他想离开法国。这人把装在一只小皮手提箱里的珠宝交给他，两人商定次日晚上在这人下榻的卡斯蒂耶旅馆里会面。

他眼前浮现出旅馆的接待处，旁边的小吧台和墙上安了格子架的花园。门房打电话通知他来了，然后把房间号码告诉他。

这人躺在床上，嘴里叼着烟卷。他不把烟吞下，神经质地吐出一个接一个的烟圈。一个身材高大的棕发男子，头天在奥什大街自称是"南美某国公使馆前商务专员"。他只讲了自己的名字：佩德罗。

这位名叫"佩德罗"的人起身坐在床沿上，冲他腼腆地笑了笑。他不知为什么，他虽不认识这位"佩德罗"，却对他产生了好感。他觉得这人在这间旅馆的房间里遭到了围捕。他立即递给他一个装着钱的信封。头天他卖出了首饰，并且大赚了一笔。"拿着，"他对他说，"我给你添上了一半的利润。""佩德罗"向他表示感谢，把信封放进床头柜的抽屉。

这时，他注意到床对面衣橱的门半开着。衣架上挂着几件连衣裙和一件毛皮大衣。"佩德罗"原来和一位女子共同生活。他再次想到他们的处境，这位女子和这位"佩德罗"一定处境不佳。

"佩德罗"依旧躺在床上，又点燃了一支烟。这人觉得放心了，因为他说：

"我越来越不敢上街了……"

他甚至补充了一句：

"有些日子我太害怕了，就待在床上……"

经过如此漫长的时间，他的耳畔仍响着"佩德罗"用低沉的嗓音讲的这两句话。他不知如何回答，只好用笼统的话来应付，比方："这年头真古怪。"

这时，佩德罗突然对他说：

"我想我找到了离开法国的办法……钱能通神……"

他记得极细小的雪花——几乎是雨点——在窗玻璃外面纷飞。而这落下的雪，外面的夜色，房间的逼仄，使他感到气闷。难道还有可能逃到某个地方，哪怕带着钱？

"是的，"佩德罗喃喃地说，"我有办法去葡萄牙……途经瑞士……"

"葡萄牙"这个词儿立即使他联想到碧绿的海水、阳光、在遮阳伞下用麦管吸的橙色饮料。如果有一天，他心想，我和这位"佩德罗"在夏天，在里斯本或伊斯托里尔① 的一家咖啡馆里重新聚首呢？他们会懒洋洋地挤压汽水瓶的喷嘴……他们会觉得它多么遥远啊，卡斯蒂耶旅馆

---

① 伊斯托里尔是葡萄牙中西部卡什凯什市的著名旅游胜地，距首都里斯本 25 公里，濒临大西洋卡什凯什湾。

的这间小屋，还有白雪、黑暗、阴森可怖的这年冬季的巴黎，以及为摆脱困境不得不做的交易……他离开房间时对这位"佩德罗"说："祝你好运。"

这位"佩德罗"现在怎样了？他希望很久以前只见过两次面的这个人，在这夏日的夜晚和他一样安宁和幸福，牵着一个跨过人行道上最后一块块光斑的孩子。

二十七

　　亲爱的居依，谢谢你给我来信。我在尼斯非常幸福。我找到了祖母常常领我去的隆尚街的老俄罗斯教堂。当年我目睹瑞典国王居斯塔夫打网球，产生了以此为职业的志向……在尼斯，每个街角都唤起我对童年的回忆。

　　在我向你提到的俄罗斯教堂里，有间屋子四周摆满玻璃门书橱。房间中央有张台球桌似的大桌子和几把旧扶手椅。祖母每星期三来这里做针线活儿，我总陪着她。

　　书籍是十九世纪末年出版的，这个房间也保留了当年阅览室的气氛。我在这里度过好几小时，阅读有点淡忘了的俄语。

　　沿教堂有座浓荫匝地的花园，种着高大的棕榈树和桉树。在这些热带的植物中间，高耸着一株银白色树干的桦树。我猜想人们把它种在此地，是要我们想起遥远的俄罗斯。

亲爱的居侬，我是不是该对你讲实话，我已申请当图书管理员？如果顺利，如我希望的那样，我将非常高兴在我儿时生活过的一个地点欢迎你。

历经沧桑之后（我没敢告诉神父我干过私家侦探的行当），我又回到了源头。

你说得对，在生活中重要的不是未来，而是过去。

至于你问我的事，我想最好的办法是询问"家庭保护办事处"。因此我刚写信给德·斯维尔特，我认为他最有资格回答你的问题。他会迅速把资料邮寄给你。

你的于特

又及：关于我们一直没能查明身份的那个奥列格·德·弗雷德，我要向你宣布一个好消息：你将在下次邮班收到一封向你提供情况的信。我想"弗雷德"听起来像俄语或波罗的海沿岸国家的语言，因此我带着碰碰运气的心理问了尼斯俄国侨民中的几位老人。碰巧我遇到了一位卡汉夫人，这个姓氏唤起她一些回忆。不快的回忆，她宁可把它们从记忆中抹掉，但她答应我将给你写信，把她知道的一切告诉你。

二十八

调查对象：德妮丝·依韦特·库德勒斯。

出生地点和日期：巴黎，一九一七年十二月二十一日。父：保尔·库德勒斯，母：昂丽耶特，娘家姓鲍加埃尔。

国籍：法国。

一九三九年四月三日在第十七区区政府与一九一二年九月三十日生于塞萨洛尼基（希腊）的希腊籍吉米·佩德罗·斯特恩结婚。

库德勒斯小姐先后居住在：

奥斯特利茨滨河路9号，巴黎（第十三区）；罗马街97号，巴黎（第十七区）；

康邦街卡斯蒂耶旅馆，巴黎（第八区）；

康巴塞雷斯街10号乙，巴黎（第八区）。

库德勒斯小姐化名"缪特"，为杂志拍时装照片。

接着在拉博埃西街32号J.F.妇女时装店当模特儿；后与荷兰人凡·阿伦合伙经营，后者于一九四一年四月在巴黎歌剧院广场6号（第九区）开办的女式服装店。该店经营时间不长，于一九四五年一月关闭。

库德勒斯小姐于一九四三年二月企图偷越法瑞边境时失踪。在默热弗（上萨瓦省）和阿纳玛斯（上萨瓦省）进行的调查无任何结果。

二十九

调查对象：佩德罗·吉米·斯特恩。

出生地点和日期：塞萨洛尼基（希腊），一九一二年九月三十日。父：乔治·斯特恩，母：吉乌维维娅·萨拉诺。

国籍：希腊。

一九三九年四月三日在第十七区区政府与法籍女子德妮丝·依韦特·库德勒斯结婚。

斯特恩先生在法住址不详。

一九三九年二月的一张卡片表明，有位吉米·佩德罗·斯特恩先生当时住在巴黎第八区，巴雅尔街24号林肯旅馆。

这也是在第十七区区政府签发的结婚证上的地址。

林肯旅馆已不存在。

林肯旅馆的卡片上有下列说明：

姓名：佩德罗·吉米·斯特恩。

地址：暗店街2号，罗马（意大利）。

职业：经纪人。

吉米·斯特恩先生于一九四〇年失踪。

三十

调查对象：佩德罗·麦克埃沃依。

在警察局和情报局很难搜集到有关佩德罗·麦克埃沃依先生的情况。

有人向我们报告，一位名叫佩德罗·麦克埃沃依的先生，多米尼加公民，在该国驻巴黎公使馆工作，一九四〇年十二月住在纳依（塞纳省）于连-波坦街9号。

此后便下落不明。

根据各种可能，佩德罗·麦克埃沃依先生于二战后离开了法国。

也可能这是一个使用了化名和假证件的人，这种情况在当年司空见惯。

三十一

　　这天是德妮丝的生日。一个冬季的夜晚，巴黎纷纷扬扬的雪化成了泥泞。人们涌进地铁入口或疾步行走。圣奥诺雷城关的橱窗灯火通明。圣诞节临近了。

　　我走进一家珠宝店，珠宝商的面孔又浮现在我眼前。他蓄一把胡子，戴着镜片略带颜色的眼镜。我给德妮丝买了一枚戒指。离开商店时，雪仍在下。我担心德妮丝不来赴约，我第一次想到，在这座城市里，在这些急匆匆赶路的人影中间，我们俩有可能再也见不着面。

　　我记不得这天晚上自己名叫吉米还是佩德罗，斯特恩抑或麦克埃沃依。

三十二

　　瓦尔帕莱索①。她站在有轨电车的后部，靠近车窗，乘客很多，她夹在一位戴墨镜的男子和一位棕发女子中间，这女子的脸像木乃伊似的毫无生气，身上有股堇菜的香气。

　　不久，他们几乎全在埃肖朗站下车，她就可以坐下了。她每周只来两次瓦尔帕莱索购物，因为她住在上城，塞罗·阿莱格尔区。她在那里租了一所房子办舞蹈学校。

　　五年前，她踝骨骨折，当她得知再也不能跳舞时便离开了巴黎，对此她并不后悔。她决定远走高飞，斩断系住她过去生活的缆绳。为什么来瓦尔帕莱索呢？因为她认识这儿的一个人，原库埃瓦芭蕾舞团演员。

　　她不打算再回欧洲。她将留在上城授课，最终会忘记挂在墙上的，当年在巴西尔上校剧团时拍的那些旧照片。

---

　　① 智利中部瓦尔帕莱索地区首府和瓦尔帕莱索省省会。

她极少想到出事以前的生活。她脑子里一片混乱，把人名、日期和地点搅在一起。然而，每周两次，在同一时刻和同一地点，她总回想起一件事，一个比其他回忆更清晰的回忆。

　　这就是有轨电车如同今晚在埃拉苏里斯大街下端停下的时刻。这条绿树成荫、坡度平缓的大街使她想起儿时住过的朱依昂约萨街。她眼前浮现出居泽纳大夫街拐角处的那幢房子、那株垂柳、白栅栏门、对面的耶稣教礼拜堂，以及街下端的"罗宾汉旅店"。她记得有个不同寻常的礼拜天：她的教母来接她了。

　　她对这个女人一无所知，只知道她叫德妮丝。她有辆车篷可折叠的汽车。这个星期天，有位棕发男子陪着她。他们三人一起去吃冰淇淋，划了船，晚上离开凡尔赛送她回朱依昂约萨街时，他们在一个集市前停下，她和教母德妮丝上了一辆碰碰车，棕发男子看着她们玩。

　　她真想多知道一些底细。他们确切的名字是什么？他们在哪儿生活？这些年在做什么？她思考着这些问题，而有轨电车正沿着埃拉苏里斯大街朝塞罗·阿莱格尔区爬去。

三十三

　　这天晚上，我坐在于特带我去过的那家酒吧兼食品杂货铺的一张桌边，它位于尼耶尔林荫道，正对事务所。一个吧台，货架上有些外来货：茶叶、阿拉伯香甜糕点、玫瑰酱、波罗的海鲱鱼。经常光顾此地的是一些原来的赛马骑师，他们在一起回忆往事，传看着折了角的照片，照片上的马早已被肢解了。

　　吧台边有两个男人在低声交谈。其中一位穿件枯叶色的大衣，几乎长及脚踝。他身材矮小，和大多数顾客一样。他转过身来，大概想看看大门上方挂钟的钟面，他的视线落在了我的身上。

　　他的脸色变得十分苍白。他张着嘴，瞪大了眼睛注视着我。

　　他蹙起眉头，慢慢走近我。他在我的桌前停了下来。

　　"佩德罗……"

他摸了摸我上衣的料子，在二头肌部位。

"佩德罗，是你？"

我迟疑着没有回答。他看上去有点狼狈。

"对不起，"他说，"你不是佩德罗·麦克埃沃依？"

"是我，"我突然回答他道，"怎么了？"

"佩德罗，你……你认不出我了？"

"不。"

他在我对面坐下。

"佩德罗……我是……安德烈·怀尔德默……"

他激动万分，抓住我的手。

"安德烈·怀尔德默……赛马骑师……你不记得我了吗？"

"请原谅，"我对他说，"有些事我记不起来了。我们是什么时候认识的？"

"可你很清楚……和弗雷迪……"

这个名字使我像触了电一样。赛马骑师。瓦尔布勒斯过去的园丁和我谈起过一位赛马骑师。

"说来很怪，"我对他说，"有人向我提到过您……在瓦尔布勒斯……"

他的两眼湿润了。是酒精的作用？还是激动使然？

"可是，哦，佩德罗……你不记得我们和弗雷迪一道去瓦尔布勒斯吗？"

"记不清了。正是瓦尔布勒斯的园丁和我谈起……"

"佩德罗……这么说，你还活着？"

他紧紧握住我的手，把我弄痛了。

"是的。怎么了？"

"你……你在巴黎？"

"对。怎么了？"

他望着我，惊诧莫名。他难以相信我还活着。究竟发生了什么事？我很想知道，但看来他不敢正面触及这个问题。

"我……我住在吉韦尔尼……瓦兹省，"他对我说，"我……我难得到巴黎来……佩德罗，你想喝点什么吗？"

"一杯玛丽·布里扎尔酒。"我说。

"好吧，我也一样。"

他亲自慢慢地把利口酒倒进我们的杯子里。我觉得他想争取时间。

"佩德罗……出了什么事？"

"何时？"

他把酒一饮而尽。

"当你和德妮丝企图穿越瑞士边境时……"

我能回答他什么呢？

"你们从未给过我们音信。弗雷迪十分担心……"

他又斟满了他的酒杯。

"我们以为你们在大雪中迷了路……"

"其实你们大可不必担心。"我对他说。

"德妮丝呢？"

我耸了耸肩膀。

"您还记得德妮丝？"我问道。

"毕竟，佩德罗，当然啰……首先你为什么用'您'称呼我呢？"

"对不起，老兄，"我说，"近来不大好。我尽量回忆那段时期……但胸中一片空白……"

"我理解。这一切，是遥远的往事了……你记得弗雷迪的婚礼吗？"

他面带微笑。

"记不清了。"

"在尼斯……他和盖结婚了……"

"盖·奥尔洛夫？"

"当然，盖·奥尔洛夫……除了她，他能和谁结婚呀？"

这桩婚事没使我想起多少事情，他看上去很不高兴。

"在尼斯……在俄罗斯教堂……宗教婚礼……不是公证结婚……"

"哪座俄罗斯教堂……？"

"一个带花园的小俄罗斯教堂……"

于特在信中给我描绘过的那一座？有时会有神秘的巧合。

"当然啦，"我对他说，"当然……隆尚街的小俄罗斯教堂，有花园，还有教区图书馆……"

"这么说，你想起来了？我们是四位证婚人……我们在弗雷迪和盖的头顶上方举着花冠……"

"四位证婚人？"

"是呀……你，我，盖的祖父……"

"老乔吉亚泽？……"

"正是……乔吉亚泽……"

我陪着盖·奥尔洛夫以及老乔吉亚泽照的那张相片一定是在这个场合拍摄的。我一会儿拿给他看。

"第四位证人，是你的朋友鲁比罗萨……"

"谁？"

"你的朋友鲁比罗萨……波菲里奥……多米尼加外交官……"

想起这位波菲里奥·鲁比罗萨，他笑了。一位多米尼加外交官。或许是为了他我在该国公使馆工作。

"后来我们去了老乔吉亚泽家……"

我看到将近正午时分我们在尼斯大街上走，街边种了法国梧桐树。那天有太阳。

"德妮丝也在吗？"

他耸了耸肩膀。

"当然……你的确什么也想不起来了……"

我们迈着懒洋洋的步子走着，一共七个人：赛马骑师、德妮丝、我、盖·奥尔洛夫、弗雷迪、鲁比罗萨和老乔吉亚泽。我们穿着白西装。

"那时乔吉亚泽住在阿尔萨斯-洛林花园边上的楼房里。"

参天的棕榈树。玩滑梯的孩子们。楼房白色的正面和橙色的布遮帘。我们在楼梯上的笑声。

"晚上，为了庆祝婚礼，你的朋友鲁比罗萨带我们去'罗克乐园'吃饭……行了吧？你想起来了吗？"

他喘着粗气，仿佛刚才用了很大的力气。由于追忆了弗雷迪和盖·奥尔洛夫举行宗教婚礼的这一天，阳光灿烂、无忧无虑的一天，他似乎精疲力竭了。这一天肯定是我们青年时代最幸福的时刻之一。

"总之，"我对他说，"你和我，我们早已认识了……"

"是的。但我先认识了弗雷迪……因为我是他祖父的赛马骑师……可惜时间不长……老人失去了一切……"

"盖·奥尔洛夫……你知道……"

"是的，我知道……那时我和她住得很近……阿利斯康广场……"

高大的楼房，凭窗眺望，盖·奥尔洛夫一定能看到奥特依跑马场的美景。她的第一任丈夫瓦尔多·布伦特对我说过，她害怕衰老，所以自杀了。我猜想她经常倚窗观看赛马。每一天，一个下午好几次，十来匹马腾空而起，沿着跑马场飞奔，在障碍物上撞得皮开肉绽。那些跨过障碍物的马，在几个月中间还能见到，后来也和其他的马一样消失了。必须不断地增补新马，陆续更换。同样的奔腾每次都以力尽气衰告终。这样的场面只能使人伤感和泄气。或许正因为盖·奥尔洛夫住在跑马场边上她才……我想问问安德烈·怀尔德默对此作何感想。他应该理解。他是赛马骑师。

"这真叫人痛心，"他对我说，"盖是位标致的姑娘……"

他俯下身，他的脸凑近我的脸。他的皮肤发红，有麻子，长着一双栗色的眼睛。一道疤痕划过右颊，直到下巴颏。褐色的头发，只在前额上方有一绺不平服的白发。

"你呢，佩德罗……"

但我没有让他把话说完。

"你认识我是我住在纳依于连-波坦街的时候吧？"我

随口说道，因为我记住了列在"佩德罗·麦克埃沃依"卡片上的地址。

"当你住在鲁比罗萨家的时候？……当然啦……"

又是这位鲁比罗萨。

"我们常和弗雷迪一道来……每天晚上纵乐狂饮……"

他放声大笑。

"你的朋友鲁比罗萨请来了乐队……一直到清晨六时……你记得他总为我们弹奏的两首吉他曲吗？"

"不记得……"

"《钟表曲》和《你上前拥抱我》。尤其是《你上前拥抱我》……"

他轻轻地用口哨吹出这首曲子的几小节。

"怎么样？"

"对……对……我记起来了。"我说。

"你给我弄了一本多米尼加的护照……它没派上多大的用场……"

"你来公使馆看过我？"我问道。

"对。那时你把多米尼加的护照给了我。"

"我从来没弄明白我在这个公使馆是干什么的。"

"这个我不知道……有一天你告诉我你算是鲁比罗萨的秘书，这对你是个好差使……鲁比那次出了车祸死了，我觉得真惨……"

是呵，是很惨。又有一个见证人我无法询问了。

"告诉我，佩德罗……你的真名是什么？我对此一直很好奇。弗雷迪对我说你不叫佩德罗·麦克埃沃依……是鲁比给你提供了假证件……"

"我的真名？我倒想知道哩。"

我含笑而答，让他以为这是句玩笑话。

"弗雷迪他知道，因为你们是上中学时认识的……你在路易莎中学的那些淘气事我都听腻了……"

"什么中学？"

"路易莎中学……你很清楚……别装傻……有一天你父亲开车来接你们俩……他让还没有驾驶证的弗雷迪开汽车……这件事，你给我讲了至少一百遍……"

他摇了摇头。这么说，我有个父亲，他到"路易莎中学"来接我。有趣的细节。

"你呢？"我对他说，"你一直干赛马这一行吗？"

"我在吉韦尔尼的一个骑马场找到了骑术教师的职位……"

他的语调严肃，给我印象很深。

"你很清楚，自从我出了事故后，境况急转直下……"

什么事故？我不敢问他……

"我陪你们去默热弗时，你，德妮丝，弗雷迪和盖，情况已不太妙了……我失去了教练的位子……他们胆怯了，因为我是英国人……他们只想要法国人……"

英国人？是的。他讲话略带口音，但我一直没有注意到。当他说出"默热弗"这个地名时，我的心跳加快了。

"一个怪念头，是不是，默热弗之行？"我大着胆子说。

"为什么是怪念头？我们没有别的办法……"

"你这么想吗？"

"这是一个安全的地点……巴黎变得太危险了……"

"你真这么想？"

"毕竟，佩德罗，你回想一下……那时检查越来越频繁……我是英国人……弗雷迪有本英国护照……"

"英国人？"

"是呀……弗雷迪家是毛里求斯岛人……你呢，你的境况也不怎么样……我们持有的多米尼加假护照再也不能保护我们……你回想一下，连你的朋友鲁比罗萨……"

我没有听见下半句话。我想他失音了。

他喝了一口利口酒，这时走进来四个人，一些常客，原先都当过赛马骑师。我认出了他们，我过去常听他们交谈。其中一位总穿一条旧马裤和一件多处沾有污迹的麂皮上衣。他们拍了拍怀尔德默的肩膀，几个人同时讲话，放声大笑，弄出很大的声响。怀尔德默没有把他们介绍给我。

他们坐在吧台边的高脚圆凳上，继续高声交谈着。

"佩德罗……"

怀尔德默朝我俯下身来，他的脸离我的只有几厘米远。他一脸怪相，仿佛要做出超人的努力讲几句话。

"佩德罗……你和德妮丝试图穿过边境时出了什么事……"

"我记不得了。"我对他说。

他目不转睛地盯着我。他有点喝醉了。

"佩德罗……你们动身前，我告诉过你必须提防那个家伙……"

"哪个家伙？"

"想让你们去瑞士的那个家伙……有张小白脸的俄国人……"

他满脸通红。他喝了一口利口酒。

"你回想一下……我对你说也不该听另一个人的话……滑雪教练……"

"哪位滑雪教练？"

"应当帮你们偷越国境的那位滑雪教练……你知道的……那个叫鲍勃什么的……鲍勃·贝松……你们为什么

走了呢……和我们在木屋别墅不是过得很好吗……"

对他说什么好呢？我摇了摇头。他把自己那杯酒一饮而尽。

"他叫鲍勃·贝松？"我问他道。

"对。叫鲍勃·贝松……"

"那俄国人呢？"

他蹙起眉头。

"记不得了……"

他的注意力放松了。他做了巨大的努力和我谈论过去，现在结束了。正如一位精疲力竭的游泳者，在最后一次把头伸出水面后，听任自己缓缓沉入水底。在追忆往事中，我毕竟没有帮他多大忙。

他起身走到其他人中间。他恢复了自己的习惯。我听到他高声评论下午在万森举行的一场赛马。穿马裤的人请大家喝了一杯酒。怀尔德默恢复了嗓门，他言辞那么激切，情绪那样高昂，连香烟都忘记点了，夹在双唇之间。如果我站在他面前，他是不会认出我来的。

出去时我向他道别，冲他挥了挥手，但他没有理睬我。他全神贯注于自己正在谈的题目。

三十四

维希。一辆美国车在和平旅馆附近的泉水公园边停下。车身上泥点斑斑。两个男人和一个女人从车上下来，朝旅馆入口处走去。两个男人好像几天未刮胡子，其中身材最高的那位用胳膊扶着那女子。旅馆前有一排柳条椅，一些人坐在椅子里睡觉，脑袋摇来晃去，七月烤人的太阳似乎并未妨碍他们。

在旅馆大堂，他们三人要挤到接待处是很困难的。他们必须避开扶手椅，甚至行军床，椅子和床上懒散地躺着另外一些人，有些穿着军装。人们五个一群，十个一伙，密密麻麻地挤在大厅尽头的客厅里，他们互相打着招呼，嘈杂的交谈声比外面湿热的空气更令你透不过气来。他们终于到了接待处，身材高大的那个男人递给守门人三本护照。两本是多米尼加共和国驻巴黎公使馆的护照，持有者的姓名一为"波菲里奥·鲁比罗萨"，另一为"佩德罗·麦克埃沃依"。第三本是"德妮丝·依韦特·库德勒斯"的法国护照。

守门人汗流满面，汗珠淌到了下巴颏，他精疲力竭地把三本护照还给了他们。不，"鉴于目前的情况，整个维希没有任何空的旅馆房间了。倒还剩下两张扶手椅，可以搬到水房里，或放到底层的盥洗室里……"周围嘈杂的交谈声，电梯门金属的碰击声，电话铃声，安在接待处上方的高音喇叭传出的呼叫声，盖住了他的嗓音。

两个男人和那女人迈着有些蹒跚的步子走出了旅馆。天空骤然间布满紫灰色的云块。他们穿过泉水公园。沿着草坪，在回廊下，比旅馆大堂更密集的人群堵塞了铺着砾石的小径。大家高声交谈着，有些人在人群间来往穿梭，还有些人三三两两坐在公园的长凳或铁椅子上，再与其他人会合……人们好像待在一所学校巨大的风雨操场上，焦急地等人打铃，结束这骚动不安的场面，这一分钟比一分钟增大的、令你头昏脑涨的嗡嗡声。但是铃声没有响。

高个子棕发男子一直搀扶着那位女子，另一位男子脱下了上装。他们走着，一路上被人挤来挤去。有些人四处乱跑，找寻一个人，或找寻离开片刻的一群人，但这群人立即散开，一个个被别的人群粘住了。

三个人来到"王政复辟咖啡馆"的露天座前。这里座无虚席，但有五个人奇迹般地刚刚离开其中的一张桌子。两位男子和那位女子跌坐在柳条椅里，有些发呆地朝娱乐场那边张望。

一股水汽弥漫了整个公园，如盖的枝叶留住它，使它积聚不散。土耳其浴室的那种水汽。它灌满你的喉咙，最终使站在娱乐场前的人群变得模糊不清，压低了他们的闲谈声，邻桌有位老太太嚎啕大哭，一遍遍地说昂代①的边境已被封锁。

女子的头在高个棕发男子的肩膀上摇晃着。她闭着眼睛，睡得像孩子一样熟。两个男人交换了一个微笑，然后又注视着娱乐场前的人群。

大雨骤然而至。季风转换期的暴雨。它打透了法国梧桐和栗树厚密的树叶。那边，人们拥挤着躲到娱乐场的玻璃天棚下避雨；这边的人匆忙离开露天座，踩着彼此的脚走进咖啡馆。

唯独那两个男人和那个女人没有动，因为他们桌上的大阳伞可为他们遮雨。那女人依然睡着，面颊靠着高个棕发男子的肩头，他直视前方，神情迷茫，他的同伴心不在焉地用口哨轻声吹出《你上前拥抱我》的曲调。

---

① 昂代是法国与西班牙边境上的一个城市。

三十五

从窗口可以望见一大片草坪，草坪边上有条砾石小路，它顺着一道平缓的坡逐渐升高，一直通到我所在的那幢砖石结构的建筑物前。这座建筑物使我想起地中海滨的那些白色的旅馆。但当我拾级而上，我的视线落在入口处用银色字母写的几个字上："路易莎和阿尔巴尼中学"。

那边，草坪尽头，有个网球场。右侧，有一行桦树和一个水已抽干的游泳池。跳台坍了一半。

他来到我站立的窗口。

"是呀……先生，我很抱歉……中学的全部档案都烧了……无一例外……"

一位年届六十的男子，戴一副浅色玳瑁边眼镜，穿着粗花呢上衣。

"而且，不管怎样，琼史密特夫人不会同意……她丈夫死后，她再也不愿听到有关路易莎中学的事……"

"有没有留下一些班级的旧照片？"我问他道。

"没有，先生。我再说一遍，一切都烂了……"

"你在这儿工作了很长时间吗？"

"路易莎中学的最后两年。后来，我们的校长，琼史密特先生死了……但当时的中学已不是原来的样子……"

他凭窗眺望，若有所思。

"作为校友，我很想找到一些纪念物。"我对他说。

"我明白。可惜……"

"今后中学将怎么办？"

"呵，他们要拍卖一切。"

他无精打采地朝我们面前的草坪、网球场和游泳池挥了一下胳膊。

"你想最后一次看看宿舍和教室吗？"

"不必了。"

他从上衣兜里掏出一只烟斗，把它含在嘴里。他没有离开窗口。

"那是什么，左边的那栋木屋？"

"先生，那是衣帽间。进行体育运动以前在里面换衣服……"

"呵，是的……"

他往烟斗里装烟丝。

"我什么都忘了……那时我们穿制服吗？"

"不，先生。只在进晚餐和外出的日子才必须穿海军蓝运动上衣。"

我走近窗户，额头几乎贴在窗玻璃上。下面，在白色建筑物前，有片铺着砾石的空地，上面已钻出野草。我眼前浮现出我和弗雷迪身穿运动上衣的身影。我努力想象着某个外出的日子来接我们的那个人的模样，他下车朝我们走来，他是我父亲。

三十六

"E. 卡昂夫人"

"皮卡迪街二十二号"

"尼斯"

应于特先生的请求，我写信给你，把我知道的有关"奥列格·德·弗雷德"这个人的一切告诉你，尽管我不愿意回顾这段令人不快的往事。

有一天，我走进弗郎索瓦一世街的一家俄国餐馆"阿尔卡迪"，它是一位俄国先生开的，但我记不起这位先生的名字了。餐馆很普通，食客不多。经理站在俄式冷盘餐台前，他未老先衰，一脸愁容，神情痛苦——事情大约发生在一九三七年。

我发觉有个二十来岁的年轻人在餐馆如同在自己家里一样。穿戴太讲究，西服、衬衣……无可指摘。

他的外表给人以强烈的印象：生龙活虎，一双蓝瓷似的眼睛带有蒙古褶，笑靥粲然，嬉笑不停。在这后面，是动物般的狡狯。

他在我的邻桌。我第二次来到此地时，他指着餐馆经理对我说：

"你相信我是这位先生的儿子吗？"对可怜的老人一副鄙夷的神气，而这位老人的确是他的父亲。

然后他给我看一只表明身份的手镯，上面刻着名字：**路易·德·弗雷德，蒙庞西埃伯爵**（在餐馆里，大家叫他"奥列格"，一个俄国名字）。我问他他的母亲在哪里，他告诉我她已去世；我又问他她是在哪儿遇到一位蒙庞西埃的（似乎这是奥尔良家族的小房）。他回答说在西伯利亚。这些全站不住脚。我明白了，他大概是靠男人和女人供养的一个小无赖。我问他的职业，他告诉我他弹钢琴。

接着，他开始一一列举他所有的社交关系，说于泽斯公爵夫人向他行屈膝礼，他与温泽公爵打得火热……我感到他讲的话真假参半。"上流社会"人士一定由于他的"姓氏"、他的微笑，以及他既冷漠又实在的殷勤而上了当。

战争期间——我想是一九四一至四二年，我正在朱昂勒潘海滨浴场时，看见这位奥列格·德·弗雷德朝我跑来，和以往一样精神焕发，喜爱哈哈大笑。他告诉我他曾经被俘，由一位德国高级军官照管。目前他在"战时代母"弗芙·亨利·迪韦尔努瓦夫人家过几天。但是他说："她是个吝啬鬼，不给我钱。"

他向我宣布他将返回巴黎，"与德国人一道工作。"我问他做什么。"卖给他们汽车。"

我再也没有见过他，不知他在做什么。亲爱的先生，以上便是我可以告诉你的有关此人的一切。

此致

敬礼

E.卡昂

一九六五年十一月二十二日，

于尼斯

三十七

现在，只须闭上眼睛，我们全体动身赴默热弗前发生的事情的一些片断便重现在我的记忆中。奥什大街扎哈罗夫原先的公馆照得通亮的大窗户，怀尔德默前言不搭后语的话，那些姓名，比如鲜红闪亮的鲁比罗萨 ①、灰白的奥列格·德·弗雷德，以及其他一些不可触知的细节——甚至包括怀尔德默沙哑的、几乎听不见的嗓音——引导我走出迷宫的正是所有这些东西。我的阿里阿德涅线。

头天傍晚，我正好待在奥什大街扎哈罗夫前公馆的二楼。人很多。和往常一样他们没脱大衣。我脱了。我穿过正厅，看见里面约有十五个人或站在电话机周围，或坐在皮椅上谈生意。我溜进一间小办公室，然后关上了门。我应当见的人已经在那儿了。他把我拉到房间一角，我们坐

---

① 法语中"鲁比"（rubis）意为"红宝石"。

在两张扶手椅里，中间隔着一个矮桌。我把用报纸包好的金路易放在桌上。他立即递给我几沓钞票，我没有数便塞在衣兜里。我们一道离开办公室和大厅，那里人声鼎沸，穿着大衣的人们来来往往，气氛令人不安。在人行道上，他给了我有可能购买首饰的一位女子的地址，在马尔泽尔布广场那边。他建议我告诉她是他介绍我来的。天上飘着雪花，但我决定步行去。起初，我和德妮丝常走这条路。天气变了。下着雪，树木光秃秃的，楼房正面一片漆黑，我几乎认不出这条林荫大道了。沿蒙索公园的栅栏走，再也闻不到女真树的清香，只有湿土和腐叶的气味。

在被称作"花园广场"或"别墅"的一条死胡同的尽头，一栋楼的底层。她接待我的房间里没有陈设。只有我们坐的一张沙发和沙发上的电话机。女人四十开外，头发棕红，有些神经质。电话铃不停地响着，她并不总去接，她接电话的时候，在一个小本上记下对方对她说的话。我把首饰拿给她看。我向她半价出让首饰别针和钻石手镯，条件是她立即付给我现钱。她接受了。

来到外面，当我朝库塞尔地铁站走去的时候，我想着几个月前到卡斯蒂耶旅馆我们房间里来的那个年轻人。他很快出售了一块蓝宝石和两枚首饰别针，亲切地建议和我分享利润。一位好心人。我向他透露了一点秘密，告诉他我们动身的计划，有时甚至阻止我出门的恐惧。他对我说我们生活在一个古怪的时代。

后来，我去爱德华七世花园广场一栋楼二层的那套房间里找德妮丝，她的荷兰朋友凡·阿伦在里面开了一间女式服装店，正巧在"辛特拉"楼上。我记得这个细节，因为德妮丝和我常常光顾这间酒吧，它的厅堂设在地下室，可以不走正门，从另一扇门溜走。我想我认识巴黎所有有两个出口的公共场所和楼房。

这间极小的女式服装店里一片忙乱景象，和奥什大街一样，甚至气氛更加热烈。凡·阿伦正在准备他那套夏季时装，如此的努力，如此的乐观令我惊异，因为我怀疑是否还会有夏季。他正在一位棕发姑娘身上试一件料子轻薄的白色连衣裙，其他的时装模特儿在更衣室里出出进进。有几个人围着一张路易十五式样的写字台交谈，上面乱放着几张速写，几块衣料。德妮丝在客厅一角与一位五十开外的金发女子和一位棕色鬈发的年轻人谈话。我加入了他们的交谈。她和他将去蓝色海岸。人声嘈杂，谁也听不见对方的话。有人送上一杯杯香槟酒，不大清楚为了什么。

我和德妮丝挤出一条路，来到衣帽间。凡·阿伦陪着我们。我眼前又浮现出他那双十分明亮的眼睛和他的笑容，他把头伸出门缝，向我们送了一个飞吻，并祝我们好运。

　　我和德妮丝最后一次去康巴塞雷斯街。我们已经打好行李，一只手提箱和两个皮旅行袋在客厅尽头的大桌上等着。德妮丝关上百叶窗，拉好窗帘。她把缝纫机装进盒里，取下用大头针别在人体模型上半身的白布。我想着我们在此度过的夜晚。德妮丝照凡·阿伦给她的纸样裁剪或者缝衣服，我呢，我躺在长沙发上读一部回忆录或马斯克丛书中的一本侦探小说，她非常喜欢这类小说。这些夜晚是我享受暂时休息的唯一时刻，我可以幻想在宁静的世界里没有麻烦地生活的唯一时刻。

　　我打开手提箱，把鼓鼓囊囊地放在毛衣和衬衣内兜以及一双鞋的鞋底里的那几沓钞票塞进去。德妮丝在检查一只旅行袋，看看是否什么也没有忘记。我沿走廊一直走到卧室。我没有开灯，伫立于窗前。雪仍在下。在对面人行道上站岗的警察站在冬季来临几天前设立的一个岗亭内。从索塞广场又来了一名警察，他疾步朝岗亭走去。他与同事握手，递给他一个暖水瓶，两人轮流在平底大口杯里喝着。

　　德妮丝进来了。她来到我站立的窗前。她穿着毛皮大衣，身子紧紧贴着我。她身上有股胡椒的香味。在皮大衣里面她穿了件长袖衬衫。我们又躺到床上，床只剩下床绷了。

里昂火车站，盖·奥尔洛夫和弗雷迪在出站月台入口处等我们。他们身旁的一辆行李搬运车上堆放着为数不少的手提箱。盖·奥尔洛夫有只衣橱式旅行箱。弗雷迪正和搬运工讲价钱，并请他抽支烟。德妮丝和盖·奥尔洛夫同时讲着话，德妮丝问她弗雷迪租的木屋别墅是否容得下我们大家。火车站十分昏暗，只有我们所在的月台沐浴在一片黄色的灯光中。怀尔德默来与我们会合，他穿件驼毛大衣，大衣下摆像通常一样拍打着他的腿肚。一顶毡帽遮住他的前额。我们叫人把行李搬到各自的卧铺车厢，然后在外面，在车厢前等待开车的预报。盖·奥尔洛夫在乘同一辆火车的旅客中认出了一个人，但弗雷迪叫她不要和任何人讲话，不要引起别人注意。

我在德妮丝和盖·奥尔洛夫的包间里和她们一起待了一会儿。帘子放下了一半，我俯下身，透过车窗看见我们正穿过郊区。雪继续下着。我拥抱了德妮丝和盖·奥尔洛夫，回到自己的包间，弗雷迪已经安顿好了。不久怀尔德默来看我们。他的包间里暂时只有他一个人，他希望不再有人来，直至旅途终点。他的确担心被人认出来，因为几年前他在奥特依跑马场出了事故后，赛马报上多次登过他的照片。我们尽量劝他放宽心，对他说人们很快便忘记赛马骑师的面孔。

我和弗雷迪躺在铺位上。火车加速行驶。我们让小支光电灯亮着，弗雷迪烦躁地抽着烟。他为可能进行的检查有些惶惶不安。我也一样，但我尽量掩饰。弗雷迪·盖·奥尔洛夫、怀尔德默和我靠鲁比罗萨帮忙有了多米尼加的护照，但我们不能肯定护照真的有效。鲁比本人也对我讲过。我们的小命捏在一名更注意细枝末节的警察或查票员手里。只有德妮丝不冒任何风险。她是真正的法国人。

火车第一次停下。第戎。大雪减轻了高音喇叭的声音。我们听见有个人顺着过道走着。一间包房的门打开了。或许有人进了怀尔德默的包间。于是，我和弗雷迪神经质地狂笑不止。

火车在索恩河畔的夏隆市火车站停了半个小时。弗雷迪睡着了，我关了包间的灯。不知何故，我在黑暗中更觉得放心。

我试图想别的事，不侧耳倾听在过道里回响的脚步声。

月台上，有些人在讲话，我抓住了他们的片言只语，他们大概待在我们窗前。其中一个人咳嗽着，带痰的咳嗽。另一个人轻声吹着口哨。驶过一列火车，有节奏的隆隆声盖住了他们的嗓音。

门突然开了，在过道的灯光中显现出一个穿大衣的人的身影。他用手电筒把包间从上到下扫了一遍，核对我们的人数。弗雷迪惊醒了。

"证件……"

我们把多米尼加的护照递给他。他漫不经心地审视了一遍，然后把护照交给他身旁的一个人。这个人被门扉挡住，我们看不见。我闭上了眼睛。他们交换了几句难以听清的话。

他朝包间内走了一步，手里拿着我们的护照。

"你们是外交官？"

"是的，"我不由自主地回答。

过了几秒钟，我想起鲁比罗萨给我们的是外交护照。

他一声不响地把护照还给我们，然后关上了门。

我们在黑暗中屏住呼吸。我们保持缄默，直至车开。它开动了。我听到弗雷迪在笑。他打开灯。

"去看看他们吧？"他对我说。

德妮丝和盖·奥尔洛夫的包间没有受检查。我们把她们叫醒。她们不明白我们为何如此心神不定。接着怀尔德默也来了，脸色凝重。他还在发抖。他出示护照时，人家也问他是不是外交官，他没敢回答，担心在便衣警察和检票员中间有位赛马爱好者把他认出来。

火车在白雪皑皑的景色中行驶。这景色多么悦目，多么友好。看到这些沉睡的房屋，我感到以前从未体验过的醉意和信心。

我们抵达萨朗什时天还黑着。一辆大客车和一辆黑色大轿车停在车站前。弗雷迪、怀尔德默和我拿手提箱，有两个男人负责搬盖·奥尔洛夫的衣橱式旅行箱。我们十来名旅客将乘大客车去默热弗，司机和两名搬运工把手提箱堆在汽车后部。这时一位金发男子朝盖·奥尔洛夫走来，正是头天她在里昂火车站注意到的那个人。他们用法语交谈了几句。后来她向我们解释说这是位远亲，一个俄国人，名叫基里尔。他指着那辆黑色大轿车，建议送我们去默热弗，驾驶座上有个人正等着。但弗雷迪谢绝了他的邀请，说他宁可乘大客车。

天上下着雪。大客车缓缓前行，黑色轿车超过了我们。我们正行驶在一条坡路上，每加速一次，大客车的车架子便颤个不停。我暗自思忖它会不会还不到默热弗便在路上抛锚。不过这有什么关系？夜色渐渐退去，升腾起一片棉絮似的白雾，枞树枝叶在雾中隐约可见，我想不会有任何人来这里找我们。我们没有任何风险。我们渐渐匿影藏形，连本来会引人注目的作客穿的衣服——怀尔德默的棕红色大衣和海军蓝毡帽，盖的豹皮大衣，弗雷迪的驼毛大衣、绿色长围巾和黑白二色的高尔夫大号球鞋——也消失在雾中了。谁知道呢？或许我们最终将化为乌有。或者变成车窗上蒙着的水汽，用手抹不掉的、久久不干的水汽。司机如何辨别方向？德妮丝睡着了，她的脑袋在我的肩头摇来晃去。

大客车停在广场中央，镇公所前。弗雷迪叫人把我们的行李搬到一架雪橇上，雪橇等在那儿，我们到教堂旁边的一家茶食店去喝点热的东西。茶食店刚开门，伺候我们吃喝的那位太太似乎很吃惊我们这么早就来光顾。也许使她吃惊的是盖·奥尔洛夫的口音和我们城里人的打扮？怀尔德默对一切都感到惊奇。他还没见过山，也没做过冬季运动。他额头贴着窗玻璃，大张着嘴，注视雪花飘落在死难者纪念碑和默热弗镇公所上，他问那位太太缆车如何运行，他是否可以在滑雪学校注册。

木屋别墅名为"南十字座"。它很大，用深色木材建造，百叶窗漆成绿色。我想这是弗雷迪向巴黎的一位朋友租来的。它俯瞰一条公路的一个弯道，从弯道看不见它，有一排枞树将它遮住。从公路沿一条弯弯曲曲的小道可抵达别墅。公路向前延伸，但我从来没有好奇地想知道它通向何方。我和德妮丝的房间在二楼，凭窗眺望枞树林上方，默热弗村尽收眼底。晴朗的日子，我锻炼目力，辨认教堂的钟楼，棕岩山山脚下一家旅馆构成的赭石色斑点，长途汽车站，以及最远处的溜冰场和公墓。弗雷迪和盖·奥尔洛夫的房间在底层，客厅旁边。要去怀尔德默的房间，必须再下一层楼，因为它位于地下，窗户如同船上的舷窗，与地面齐平。在那儿，用怀尔德默的话说，在"他的洞穴"里安身，是他本人的决定。

起初，我们不离开别墅。我们在客厅没完没了地打扑克。对这间屋子我记得比较清楚。一条羊毛地毯。一张皮长椅，上方有一个书架，一张矮桌。两扇窗户开向阳台。住在附近的一个女人负责去默热弗采购。德妮丝阅读在书架上找到的几本侦探小说。我也读。弗雷迪蓄了胡子，盖·奥尔洛夫每晚给我们做俄罗斯甜菜浓汤。怀尔德默要人按时去林子里取《巴黎体育报》，他躲在他的"洞穴"里读报。一天下午，我们正在打桥牌，他出现了，脸变了颜色，手里挥动着报纸。一位专栏作家追述近十年来赛马界发生的突出事件，其中提到"英国赛马骑师安德烈·怀尔德默在奥特侬出的事故轰动一时"。文章配了几张照片，其中有一张是怀尔德默的，比邮票还小。他为此慌了神，他怕在萨朗什火车站或在默热弗教堂旁的茶食店有人认出了他，怕为我们购买食品、捎带做些家务的那位太太认出他就是"英国赛马骑师安德烈·怀尔德默"。我们动身前一周，他不是在阿利斯康公园广场的家里接到过匿名电话吗？一个低沉的嗓音对他说："喂！怀尔德默，一直在巴黎吗？"然后有人哈哈大笑，挂上了电话。

我们徒劳地一再对他说他没有任何危险，因为他是"多米尼加公民"，他表现得十分神经质。

有天夜里，早上三点钟光景，弗雷迪用力敲怀尔德默"洞穴"的门，一边大声嚷道："我们知道你在里面，安德烈·怀尔德默……我们知道你是英国赛马骑师安德烈·怀尔德默……立即出来……"

怀尔德默一点不欣赏这个恶作剧，有两天不再和弗雷迪讲话。后来他们和好了。

除了这件小事，最初在木屋别墅里气氛非常宁静。

可是，渐渐地，弗雷迪和盖·奥尔洛夫对我们一成不变的时间安排感到了厌倦。怀尔德默尽管怕别人认出他是"英国赛马骑师"，也闲得在原地打转。他是运动员，不习惯不活动。

弗雷迪和盖·奥尔洛夫去默热弗散步时遇到了"一些人"。似乎有"很多人"和我们一样来到此地避难。他们时常相聚，举办"联欢会"。我们从弗雷迪、盖·奥尔洛夫和怀尔德默那里听到一些风声，他们不久也加入了这里的夜生活。我心有疑虑，宁可和德妮丝待在别墅里。

不过，我们有时也下山到村里去。我们早上十点左右离开别墅，走上一条路边有几座小礼拜堂的路。有时我们走进去，德妮丝点燃一只大蜡烛。有些礼拜堂关着门。我们缓缓而行，以免在雪中滑倒。

稍低处，一个石制带耶稣像十字架耸立在一块圆形空地中央，一条十分陡的路从这里开始。半段路上安了一些木阶梯，但已被雪覆盖。我走在德妮丝前面，万一她滑倒，我可以扶住她。路的下端就是村庄。我们沿着干道一直走到镇公所广场，然后从"勃朗峰旅馆"前经过。稍远处，在右侧人行道边，矗立着邮电局浅灰色的混凝土建筑物。我们在那儿寄几封信给德妮丝的朋友：莱翁，借给我们康巴塞雷斯街那套房间的海伦……我给鲁比罗萨写了封短笺，告诉他多亏他的护照我们已顺利到达，并劝他来与我们会合，因为我们最后一次在公使馆见面时，他对我说他有意"去乡下休养"。我给了他我们的地址。

我们朝棕岩山爬去。从路边的各家旅馆里走出一群群孩子，由身穿海军蓝冬季运动服的辅导员带队。他们肩上扛着雪橇或冰鞋。几个月来，为大城市最穷困儿童征用了疗养地的全部旅馆。我们远远眺望着缆车售票窗口前拥挤的人群，然后折回旅馆。

沿着枞树林间的一条坡路，从"南十字座"木屋别墅往上走，就到了一栋二层木屋前。替我们采购的太太住在这里。她丈夫养了几头牛，"南十字座"别墅的主人不在时还替他们守门。他在自己的木屋里布置了一个大厅，摆了几张桌子，一个简陋的吧台和一张台球桌。有天下午，我和德妮丝去他家买牛奶。他对我们不大客气，可是，当德妮丝看到了台球桌，问他可不可以玩时，他先是吃了一惊，随后口气就缓和了。他告诉她随时可以来玩。

晚上，当弗雷迪、盖·奥尔洛夫和怀尔德默离开我们去默热弗消遣时，我们经常去他家。他们建议我们到"运动队酒馆"或某个别墅去找他们，"和朋友们聚一聚"，但我们宁愿上山去。乔治——这是那男人的名字——和他妻子等着我们。我相信他们很喜欢我们。我们和他，以及他的两三个朋友打台球。德妮丝打得最好。我的眼前又浮现出她的倩影：亭亭玉立，手持弹子棒，一张亚洲女子的细嫩的面孔，一双明眸，栗色头发闪着铜的光泽，卷成螺旋形一直垂到臀部……她穿一件旧的毛线衣，是弗雷迪借给她的。

我们和乔治夫妇聊天聊到很晚。乔治告诉我们最近肯定会出乱子，会来查身份，因为在默热弗度假的许多人狂饮纵乐，引起了对他们的注意。我们和别人不同。有麻烦时，他和他妻子会照顾我们的……

德妮丝对我说"乔治"使她想起自己的父亲。我们常常用木柴生火取暖。时间流逝，甜蜜、温暖，我们觉得回到了家。

有时，其他人走后，只有我们留在"南十字座"。别墅成我们的了。我真想重温某些澄清如水的夜晚，我们凝望山下的村庄，白雪清晰地映衬出它的剪影，它好像是一座微型的村庄，一件圣诞节期间在橱窗里陈列的玩具。在这些夜晚，一切都显得单纯，令人心安，我们幻想未来。我们将在此定居，我们的孩子将上村里的学校，夏季随着放牧畜群的铃铛声到来……我们将过称心如意的幸福生活。

还有些夜晚，天下着雪，我感到透不过气来。我和德妮丝，我们绝不可能摆脱困境。我们被囚禁在这深山峡谷中，大雪将渐渐把我们埋葬。挡住地平线的群山最令人沮丧。恐惧向我袭来。于是，我打开落地窗，我们来到阳台上。我呼吸着带枞树清香的寒冷空气。我不再害怕。相反，我感到来自风景的一种超脱，一种泰然的忧伤。我们也是一道风景？我们的举动和我们的生命的回声，我觉得它被这棉絮一般的东西压低了。轻薄的絮片纷纷扬扬，飘落在我们周围，飘落在教堂的钟楼、溜冰场、墓地和横穿谷地的公路勾出的颜色更深的线上。

后来，盖·奥尔洛夫和弗雷迪开始请人晚上来别墅作客。怀尔德默不再担心被人认出，表现出逗人开心的出色才能。午夜时分，十来个甚至更多的人会不期而至，在另一个别墅开始的晚会更热闹地在这里继续。我和德妮丝避开他们，但弗雷迪那样恳切地要求我们留下，有时我们也只好从命。

有几个人的模样，我还依稀记得。一位活跃的棕发男子不停地要你和他打扑克，他驾驶一辆在卢森堡注册的汽车；一位叫"安德烈·卡尔"的金发男子，穿件红毛衣，由于越野滑雪脸色黝黑；另一个非常结实的人，身穿黑丝绒衣服，在我的记忆中，他不停地转来转去，像只大熊蜂……几位喜好运动的美人，其中一位叫"雅克琳娜"，一位叫"康庞夫人"。

有几次，晚会进行中间，突然有人关了客厅的灯，或一对男女离开众人去一个房间。

最后，还有盖·奥尔洛夫在萨朗什火车站遇到的那位"基里尔"，他曾建议我们乘坐他的车。一个俄国人，娶了位法国女子，非常漂亮的女子。我相信他非法买卖油漆和铝。他经常从别墅打电话给巴黎，我一再对弗雷迪说这些电话会招来对我们的注意，但是在他和怀尔德默的脑子里再也没有"谨慎"二字。

一天晚上，"基里尔"和他妻子把鲍勃·贝松和一个叫奥列格·德·弗雷德的家伙带到别墅来了。贝松是滑雪教练，他的主顾里有几位名人。他从事跳板滑雪运动，有几次不慎跌倒，在脸上留下道道疤痕。他走路有点跛。身材矮小，棕色头发，是默热弗人氏。他好喝两杯，尽管如此，他从清晨八时便开始滑雪。除去当教练外，他还在食品供应处工作，因此有辆汽车供他使用，就是我们抵达萨朗什时我看到的那辆黑色大轿车。弗雷德是盖·奥尔洛夫在巴黎见过的一位俄国青年，经常来默热弗小住。他似乎用各种办法搞钱，靠倒买倒卖汽车轮胎和零配件为生，因为他也从别墅给巴黎打电话，我总听见他与某个神秘的"彗星汽车修理厂"通话。

为什么那天晚上我开始和弗雷德交谈了呢？或许因为他平易近人，目光坦率，表情快活天真，一点小事就惹他发笑。他对人关怀备至，不停地问你"是否不舒服"，"要不要一杯烧酒"，"坐在这张椅子上，是否不如坐在那张沙发上"，"夜里睡得香不香"……他全神贯注地倾听你讲话，睁圆了眼睛，皱起眉头，仿佛你在宣告神谕。

他明白了我们的处境，很快便问我是否我们想长期待在"山里"。我回答他说我们别无选择，他低声告诉我他有办法偷越瑞士国境，不知我感不感兴趣。

我迟疑片刻，然后作了肯定的回答。

他告诉我每个人得花五万法郎，贝松也参与其事。他和贝松负责把我们带到靠近瑞士的一个地点，他们友人当中一位有经验的帮人偷越国境者将在那里接应。他们已帮助十来个人偷渡到瑞士，他一一说出这些人的名字。我有时间考虑，因为他将去巴黎，一周后才回来。他给了我巴黎的一个电话号码：AUTEUIL 54—73，倘若我迅速作出决定，可以打电话给他。

我和盖·奥尔洛夫、弗雷迪和怀尔德默谈了这件事。
盖·奥尔洛夫对"弗雷德"帮人偷越国境感到吃惊，她只
看到他浅薄轻浮，靠黑市交易苟且偷生的一面。弗雷德认
为没有必要离开法国，因为我们有多米尼加护照的保护。
怀尔德默觉得弗雷德是个"小白脸"，他尤其不喜欢贝松。
他向我们断言贝松脸上的疤痕是假的，是他每天早上用化
妆笔画的。运动员之间的竞争？不，真的，他受不了贝松，
称他"虚有其表"。德妮丝呢，她觉得弗雷德"讨人喜欢"。
　　决心下得很快。由于下雪的缘故。一周以来，大雪纷
纷扬扬下个不停。我又一次体验到在巴黎已有过的那种气
闷的感觉。我心想如果再待在这里，我们一定会落入陷阱。
我把这个道理讲给德妮丝听。
　　弗雷迪过了一星期回来了。我和德妮丝取得了一致，
谈起请他和贝松帮我们偷渡。我觉得弗雷德从未如此热情，
如此值得信任。他拍拍你肩膀的友善动作，他的明眸皓齿，
他的殷勤，这一切全讨我喜欢，尽管盖·奥尔洛夫时常笑
着对我说必须提防俄国人和波兰人。

　　那天，我和德妮丝一大清早便打好了行李。其他人还
睡着，我们没有叫醒他们。我给弗雷迪留了一张便条。

他们在路边，在我于萨朗什看到过的那辆黑色轿车里等着我们。弗雷德坐在驾驶盘前，贝松坐在他旁边。我打开轿车的行李箱放好行李，然后我和德妮丝坐在后座上。

　　一路上我们没有讲话，弗雷德显得很紧张。

　　天上飘着雪花。弗雷德驾车慢行。我们沿着山上的小路走。旅途用去了足足两小时。

　　弗雷德停车向我要钱的时候，我模模糊糊地有了一种预感。我递给他一沓钞票。他数了数，然后转过身来冲着我微笑。他说现在为了谨慎起见，我们将分开越境。我和贝松走，他带着德妮丝和行李走。一小时后我们将在那一边，他朋友的家里会合……他脸上依然挂着笑容。我在梦中依然看到的古怪的微笑。

　　我和贝松下了车。德妮丝在前座，弗雷德的身边坐下。我注视着她，某种预感又一次刺痛了我的心。我想打开车门叫她下来，我们两个人一起动身。但转念一想我这个人生性多疑，喜欢胡思乱想。德妮丝呢，她似乎毫无疑虑，情绪不错。她向我送了个飞吻。

　　那天早上，她穿一件臭鼬皮大衣，一件花色毛线衣和弗雷迪借给她的一条滑雪裤。她年方二十六岁，栗色头发，一双绿眼睛，身高一米六五。我们的行李不多：两只皮旅行袋和一只深栗色小手提箱。

始终笑容可掬的弗雷德发动了马达。德妮丝放下车窗玻璃，把头伸出窗外，我朝她挥动胳臂告别。我目送车子远去，它在远方渐渐变成了一个极小的黑点。

　　我开始在贝松身后行走。我观察他的后背和他在雪地留下的脚印。突然，他对我说他要去摸摸情况，因为我们离边境不远了。他要我等着他。

　　十分钟后，我明白他不会回来了。我为什么拖着德妮丝钻进这个圈套呢？我尽全力试图摆脱弗雷德即将撇下德妮丝，我们俩将尸骨无存的念头。

　　雪还在下。我继续走着，一边徒劳地寻找一个方位标。时间一小时、一小时地过去，我走呵，走呵，最后终于躺倒在雪地上。在我周围，是一片白茫茫的世界。

三十八

我在萨朗什下了火车。出太阳了。车站广场上，有辆大客车开着发动机等乘客。只有一辆出租车，一辆 DS19，停在人行道边。我上了车。

"去默热弗。"我对司机说。

他开动了车子。一个六十开外的人，头发花白，穿件羊皮黑上衣，毛衣领子磨得光光的。他口含一块糖或一粒糖锭。

"好天气，嗯？"他对我说。

"是的……"

我从车窗朝外望，试图认出我们走过的那条路。但是，没有雪，它再也不像以前的那条路了。洒在枞树和草地上的阳光，树木在公路上方形成的拱形树荫，所有这些深浅不同的绿色，令我惊诧莫名。

"我认不出这儿的景色了，"我对司机说。

"你来过这里？"

"对，很久以前……冒着雪……"

"雪下的景色就不同了。"

他从衣兜里掏出一个小圆金属盒，把它递给我。

"吃一粒瓦尔达糖吧？"

"谢谢。"

他也拿了一粒。

"我戒烟一星期了……大夫劝我口含瓦尔达糖……你抽烟吗？"

"我也戒烟了……请告诉我……你是默热弗人吗？"

"是，先生。"

"我认识默热弗的一些人……我很想知道他们的近况……比方我认识一个叫做鲍勃·贝松的人……"

他放慢车速，朝我转过身来。

"罗贝尔？教练？"

"对。"

他点了点头。

"我曾和他同校。"

"他现在怎样了？"

"他死了。几年前，他从跳板往下跳时摔死了。"

"是吗……"

"他原本可以干出些成绩……可是……你认识他？"

"不大熟悉。"

"罗贝尔很年轻时便被他的一些主顾搞得神魂颠倒……"

他打开金属盒，吞下一粒糖锭。

"他从跳板上一跳……当场就死了……"

大客车跟在我们后面，相距二十来米。一辆天蓝色的大客车。

"他和一位俄国人很要好，是不是？"我问道。

"一位俄国人？贝松和俄国人交朋友？"

他不懂我的话的意思。

"你知道，贝松真不是个值得人关心的家伙……他的品行不端……"

我明白他不会对贝松再说什么了。

"你知道默热弗有座叫'南十字座'的木屋别墅吗？"

"南十字座？……过去有许多别墅叫这个名字……"

他又把糖锭盒递给我。我拿了一粒。

"那座别墅俯瞰一条路。"我说。

"哪条路？"

是呵，哪条路？浮现在我记忆中的那条路和随便哪条山路都没有区别。如何找到它呢？而且别墅可能已不复存在。即使它还在……

　　我朝司机俯下身去。我的下巴触到了他的羊皮黑上衣的皮领子。

　　"把我送回萨朗什车站。"我说。

　　他朝我转过身来，显得很惊讶。

　　"随你的便，先生。"

三十九

　　调查对象：霍华德·德·吕兹（阿尔弗雷德·让）。

　　一九一二年七月三十日生于路易港（毛里求斯岛），父：霍华德·德·吕兹（约瑟夫·西默蒂），母：路易丝，娘家姓福克罗。

　　国籍：英国（和美国）。

　　霍华德·德·吕兹先生先后住在：

　　瓦尔布勒斯（奥恩省）圣拉扎尔城堡；

　　巴黎（第十六区）雷努阿尔街20号；

　　巴黎（第八区）马戏场街18号夏托布里昂旅馆；

　　巴黎（第八区）蒙泰涅大街53号；

　　巴黎（第十六区）利奥泰元帅大街25号。

　　霍华德·德·吕兹（阿尔弗雷德·让）先生在巴黎无固定职业。

　　一九三四至一九三九年，他为定居法国的希腊人吉米·斯特恩倒卖古旧家具，并为此赴美远行，美国是他祖母的出生地。

霍华德·德·吕兹先生出生于毛里求斯岛一个法国家庭，但他似乎拥有英国和美国的双重国籍。

一九五〇年霍华德·德·吕兹先生离开法国，到波利尼西亚毗邻博拉博拉岛（社会群岛）的帕皮提岛定居。

随此卡片附以下短笺：

亲爱的先生，请原谅我没有把我们所掌握的有关霍华德·德·吕兹先生的情况及时转达给你。要找到他的材料非常困难：霍华德·德·吕兹先生是英国（或美国）侨民，在我们的情报部门没有留下多少线索。

向你和于特致以亲切的问候。

J.—P. 贝纳尔迪

四十

亲爱的于特，下周我将离开巴黎去太平洋上的一个岛，在那儿我有可能找到一个人，他会把我以前的经历告诉我的。这是我青年时代的一位友人。

直到目前，我觉得一切都那样混乱无序，那样破碎不全……在寻觅的过程中，我会突然想起一件事的某些细节，某些片段……总之，或许生活正是如此……

这确是我自己的生活，还是我潜入了另一个人的生活？

到那边我会给你写信。

我希望你在尼斯事事顺遂，在那个唤起你童年回忆的地点，谋得了你所心仪的图书馆管理员的职位。

四十一

　　AUTEUIL 54—73：彗星汽车修理厂，弗科街 5 号。巴
黎第十六区。

四十二

　　不到特罗卡德罗花园，有条面向码头的街，我觉得瓦尔多·布伦特就住在这条街上，我曾陪这位美国钢琴家回家，他是盖·奥尔洛夫的第一任丈夫。

　　从汽车修理厂生了锈的大铁门判断，它早已关门停业。门上方的灰墙上还能读出"彗星汽车修理厂"几个字，尽管蓝色的字母变得模糊不清。

　　二楼右面有扇窗户仍然挂着橙色的窗帘。一间卧室的窗户？还是一间办公室的窗户？我从默热弗拨 AUTEUIL 54—73 这个号码给那俄国人打电话时，他是否正在这个房间里？他在"彗星汽车修理厂"从事什么活动？如何才能知道？在这座废弃的建筑物前，一切显得如此遥远……

　　我扭头往回走，在码头上伫立片刻，注视着疾驶而过的车辆和塞纳河对岸演兵场附近的灯火。在那边，在靠花园的一个小套房里，或许残留着我生命中的某些东西，那儿有个人认识我，而且仍然记得我。

四十三

　　鲁德街和西贡街的拐角处，一位女子站在楼底层的一扇窗前。阳光普照，一群孩子在稍远的人行道上踢球。孩子们不停地叫着"佩德罗"，这是他们当中一个人的名字，其他人一边招呼他，一边继续玩。用清脆的嗓音喊出的"佩德罗"这个名字古怪地在街头回响。

　　她从窗口看不见孩子们。佩德罗。很久以前，她认识了一个也叫这个名字的人。她努力回想是在哪个时期，这时笑声、叫喊声、皮球从墙上弹回的沉浊的响声传到了她的耳畔。对了，是她给阿莱克斯·玛吉当时装模特儿的时期。她遇到了某个叫德妮丝的人，一位面孔有点像亚洲人的金发女子，她也是搞时装的。她们俩一见如故。

　　这位德妮丝和一个叫做佩德罗的男人一起生活。他大概是南美人。她确实记得这位佩德罗在某国公使馆工作。身材高大，一头棕发，她相当清晰地记得他的面孔。今天

217

她还能认出他来，但是他一定老了。

一天晚上，他俩来到西贡街她的家里。她请了几位朋友来吃饭：日本籍演员和他的一头金红色头发的妻子，他们住在附近的夏尔格兰街；她在阿莱克斯·玛吉时装店里认识的棕发女子埃芙琳娜。陪她来的是位面色苍白的青年人；还有一个人，但她忘记了是谁；追求她的比利时人让-克洛德……晚宴的气氛非常快活。她想德妮丝和佩德罗是十分般配的一对。

一个孩子抓住弹到空中的皮球，紧紧抱住它，大步离开了其他的孩子。她看见他们跑过她的窗前。拿着球的孩子气喘吁吁地跑上大军林荫道。他穿过林荫道，始终把球抱在胸前。其他孩子不敢追他，一动不动地望着他在对面的人行道上奔跑。他用脚轻轻推着皮球。沿大街一家接着一家的自行车铺的橱窗里，镀铬的部件在阳光下闪闪发光。

他忘记了别人，独自带球跑着，然后盘着球朝右拐进阿纳托尔-德拉弗日街。

四十四

　　我把额头贴在弦窗上。两个男子一边聊天，一边在甲板上踱来踱去，月光下，他们的脸显得有些苍白。他们终于倚在舷墙上。

　　尽管不再有涌浪，我依然睡不着觉。我一张张地看着我们大家的照片，德妮丝、弗雷迪、盖·奥尔洛夫的照片，在海上巡游的过程中，他们渐渐失去了实在性。他们曾经存在过吗？我想起别人告诉我的弗雷迪在美国的工作。他是"约翰·吉尔伯特的心腹"。这句话在我眼前展现了一幅图景：在一座别墅无人侍弄的花园里，沿着铺满枯叶断枝的网球场，两个男人肩并肩地走着，两人中最高的那位——弗雷迪——俯下身听另一个人低声和他讲话，而这个人肯定是约翰·吉尔伯特。

　　后来，我听见纵向通道里一阵混乱，有人在高声谈笑。原来是为了抢一只小号吹奏《在我的金发女郎身边》的头几节音符。我邻室的门砰地一声关上了。里面有好几个人。又响起哈哈大笑声，酒杯相碰的当当声，急促的呼吸声，轻柔持续的呻吟声……

有个人在纵向通道里转来转去，摇晃着一只小铃，用神甫侍童的尖细嗓门一遍遍地说我们已经过了赤道。

四十五

　　那边，红色标志灯成一字散开，大家起先还以为它们飘在空中，后来才明白它们沿海岸线排列。影影绰绰显出一座深蓝绸缎似的山。过了暗礁群后，海水十分平静。

　　我们正进入帕皮提①锚地。

————————

　　①　帕皮提是法属波利尼西亚的首府。

四十六

　　人家指点我去找一个叫做弗里布尔的人。他在博拉博拉住了三十年，拍摄太平洋群岛的纪录影片，并按他的习惯送到巴黎普莱耶尔音乐厅去放映。他是最了解大洋洲的人之一。

　　我根本不必给他看弗雷迪的照片。他停泊帕皮提岛时曾多次和弗雷迪相遇。他向我描述弗雷迪身高近两米，从不离开他的岛，要么就独自待在船上，一艘纵帆船，他经常驾船远游，穿过图阿莫图环礁，甚至直抵侯爵夫人群岛。

　　弗里布尔提议带我去帕皮提岛。我们登上一艘捕鱼船，一位寸步不离弗里布尔的毛利族大胖子陪着我们。我相信他们在一起生活。古怪的一对。弗里布尔身材矮小，走起路来像原童子军的队长。他穿一条磨破了的高尔夫球裤和一件短袖衫，戴着金属架眼镜。胖毛利人皮肤呈赤褐色，身缠腰布，穿一件天蓝色的棉布短上衣。渡海的时候，他嗓音柔和地向我讲述少年时和阿兰·热尔博 ① 一起踢足球的情景。

————————

① 法国著名航海运动员，二十世纪二十至四十年代曾多次独自驾船横渡大西洋和太平洋。

四十七

在岛上，我们沿一条芳草萋萋的小路行走，在路两侧，椰子树和面包树排列成行。不时有道齐肘高的白墙标明花园的界限，花园当中矗立着一座总是一模一样的房子——有条游廊，铁皮屋顶漆成绿色。

我们来到一大片围着铁丝网的草地前。左侧，沿草地边有几座飞机库，其中有栋带点粉红的淡灰褐色三层楼房。弗里布尔向我解释说这是太平洋战争期间美国人建造的飞机场，弗雷迪就在这里生活。

我们走进楼房，底层有间卧室，摆着一张床，挂着蚊帐，有张写字台和一把柳条椅。一扇门通向一间简陋的浴室。

二楼和三楼的房间是空的，窗上的玻璃残缺不全。走廊中间堆着石灰渣。一面墙上仍然挂着一张南太平洋军事地图。

我们回到卧室，它一定是弗雷迪的卧室。一身棕色羽毛的鸟从半启的窗户钻了进来，排得紧紧地停落在床上、写字台上和门边的书架上。鸟越来越多。弗里布尔告诉我这是摩鹿加的鸟鸫，这种鸟什么都啄，啄纸，啄木头，甚至啄房屋的墙壁。

一个人走进房来。他身缠腰布，蓄一部白胡子。他和与弗里布尔形影不离的胖毛利人讲话，胖子一边翻译，一边微微摇摆着身体。弗雷迪驾着纵帆船想去侯爵夫人群岛转一圈，半个月前，帆船返航在本岛的珊瑚礁上搁浅了，弗雷迪已不在船上。

他问我们是否想看看船，并把我们带到礁湖畔。船在那儿，桅杆断了，船两侧绑着旧卡车轮胎以起保护作用。

弗里布尔表示我们一回去便要求寻找弗雷迪的下落。穿淡蓝短上衣的胖毛利人和另一个人讲着话，声音很尖，仿佛在轻声喊叫。不久，我再也不理会他们了。

我不知道这礁湖畔待了多久。我心里想着弗雷迪。不，他肯定没有在海上消失。他大概决定割断最后的缆绳，现在一定躲在某个珊瑚岛上。我终将找到他。另外，我必须做最后一次尝试：按我的旧地址，去罗马暗店街2号。

夜幕降临。礁湖的绿色逐渐消失，湖面一点点变暗。水上仍有紫灰色的阴影掠过，闪着朦胧的磷光。

我不由自主地从衣兜里掏出本想给弗雷迪看的我们的照片，其中有盖·奥尔洛夫还是小姑娘时拍的那一张。我一直没有注意到她在哭泣。从她蹙起的眉头看可以猜到她在哭。一刹那间，思绪把我带到远离这片礁湖的世界的另一端，俄罗斯南方的一个海水浴疗养地。这张照片就是很久以前在那里拍的。黄昏时分，一个小姑娘和母亲从海滩回家。她无缘无故地哭着，她不过想再玩一会儿。她走远了，她已经拐过街角。我们的生命不是和这种孩子的悲伤一样迅速地消逝在夜色中吗？

《暗店街》中的迷宫象征[①]

◎ 安·L.墨菲

"精确回答了不精确的需求，清醒蜕变为静默。栩栩如生的和耳熟能详的变成了令人不安的，不真实影响在增生，而莫迪亚诺那无可争议的可读性（……）服务于那些废墟里和腐朽世界中的文本，以及回忆的艰难必要性"，在这雄辩的描述中，吉拉德·普林斯总结了自己一九八六年对帕特里克·莫迪亚诺作品的论述，也附和了其他许多评论家对这位人气极高、但同时也非常难以捉摸的当代作家的作品的反应。事实上，作者本人以及相当数量的学者都从不同的切入点提及了普林斯在此处勾勒出的那种张力，这张

① 本文译自 The Figure of the Labyrinth in Patrick Modiano's "Rue des Boutiques Obscures"，发表于 The French Review（Vol. 77）。作者安·L.墨菲（Ann L. Murphy）是美国威斯敏斯特学院现代语言系主任。

力的一端为莫迪亚诺作品中那些有助于文本清晰和精确的因素，而另有一些因素营造出了一种混乱和不确定的氛围，它们处于张力的另一端。在一九七五年的一次访谈中，莫迪亚诺本人详细阐释了他这种经典风格的悖论式运用：

> （我）用最经典的法语写作（……）因为这种形式对于我的小说来说是必须的：为了传达出我想要赋予它们的那种困顿、游离、奇异的氛围，我必须尽最大可能用最清晰、最传统的语言来规范这种形式。否则，所有的一切都会分崩离析，成为一锅乱糊。

在艾伦·莫里斯看来，莫迪亚诺那规范后的形式策略是设计出来以抵消某些"新小说派"元素所产生的那些影响，虽然这些元素在他的作品中也有迹可寻——"使用环形结构以及抛弃传统的年代顺序，更不用说叙述视角的分裂"。按照莫里斯的观点，这种张力让莫迪亚诺既得以认可，也"把自己从罗伯-格里耶和他的同事们那里撇开来"。因为，虽然没有"与现代主义分道扬镳，"可他并不把写作视为一种"不带情感的、智力上的活动"，相反他将写作视为一种"情感上的必需品"。

另有一些评论家，以历史再现需要与个体记忆缺陷之间的对抗作为角度，来审视这种张力。这种对抗是莫迪亚诺处理他许多小说中语境的基础，语境则是纳粹对法国的占领。在莫迪亚诺的作品中，故事情节要么直接发生在占领期，要么以某种方式与之相联系，那些确切事件以及卷入其中的参与者被神秘所包围，并且，虽然主人翁的任务是——有时带着迷恋——去揭示一些具体细节，但是他多半不能彻底或者令人满意地完成此事。在有些评论家的眼里，一方面是那些坚持不懈、执迷不悟的努力，试图去解答一些有关德国占领的重要问题，另一方面则是某种优柔寡断，最终导致这些问题无法得以解答，这两者之间产生的张力反映了那个时期的真实本质。在评论"现在著名的'终局之不在场'"——这也是莫迪亚诺叙述的特色——的时候，马丁·盖特-本德尔感到疑惑的是，叙述歧义以及在填补自己和他人记忆空白以拼合一个历史完整图像上的无能为力，是否有可能就是探讨德国占领"最合法的"路径，因为这种技巧"摹写了（它的）非决定性"，也就是"德国占领期间那些将来永远都不会受到惩罚的罪行的无法避免、令人窒息的延续性"。威廉·范德沃克总结了一个类似的评价，结尾处是这样写的："莫迪亚诺小说主体部分最大的悖论，是它通过让一个历史时期变得晦涩这一过程，努力地把它交待得更加易于理解。"

最后，清晰与不确定之间的张力，同样通过诸如《暗店街》这样的作品中对侦探小说的充分利用和最终颠覆这一方式得以展示，其结果就是珍妮·尤尔特（Jeanne Ewert）所定义的"纯粹反侦探小说"。尤尔特坚决认为，既然《暗店街》的布局像一个侦探小说，那么它就激活了巴特的"阐释性代码"，即作为一个神秘事件得以建构、发展，以及最终解决之基础的一组叙述要素，并且随着它们在文本中的穿梭，训练有素的读者会辨识出来，并满怀期待要获得文本提出的所有问题的答案。然而，这部小说挫败了读者们寻求解答的欲望，或者说挫败了他们认为在阅读过程中答案会确定呈现的欲望，就这样，这部小说以后现代的不确定性取代了传统的终局："反侦探小说的拒绝提供终局，以及它乞灵于恐惧而不是笃定，参与了后现代对归纳推理和一个能慰藉人心的线性／目的论宇宙之信仰的抗拒"。

尤尔特在此勾画出了莫迪亚诺作品中同后现代主义有着联系的那些方面，它提供了一种方式去理解我们已经在上文中概述出的有关清晰／解答与混沌／不确定之间的张力，这种张力也一直影响着其他一些学者对莫迪亚诺写作的评价。事实上，莫迪亚诺与后现代的关联已经在近期两本大部头的研究著作中得到了相当明确的加强和扩大。在他《帕特里克·莫迪亚诺》（2000）一书的"（非）结论"中，艾伦·莫里斯声称，"只有唯一的一个修饰语可以适合于莫迪亚诺的整个世界——典型后现代主义的"。川上茜的研究恰当地定名为《自觉的艺术：帕特里克·莫迪亚诺的后现代小说》（2000）。两位学者都列举了莫迪亚诺作品中的一些特征，并指出这些特征与文化理论和文学批评一直以来差不多一贯称之为的"后现代主义"是共通的，从而证明了他们的表述是正当的。在莫里斯的研究中，这些特征包括如下所列：

经典文化与通俗文化的交错（既是视觉的也是文学的）；对空白、静默以及不在场的偏爱；身份和差异的游戏；拒绝所有绝对的观念；无所不在的辩证联系；在永恒现在中解析时间；仿效和戏拟的运用；偶然性的高度重要性；碎片化；自我指涉；互文；撒播；反讽；戏耍。

川上茜的列单非常相似：

有一些特征，它们展现了对存在论意义上不确定性的反讽意识，这不确定性既是对它们在得以产生的历史中自身的不确定，也是对它们现在生存的这个世界的不确定。它是一种意识，不会通过逻辑的或者隐喻的阐释就可以得到解答，而是更加愿意消融为游戏和戏拟。在叙述的层面上，后现代展示自身形式的实例有：自我指涉、戏拟、对历史／传记与虚构的区分提出质疑，叙述自我的去中心化，以及无序叙事。

虽然两者的研究都成功揭示了莫迪亚诺作品中存在着一些与后现代相通的特性，不过是琳达·哈钦更早些时候对"后现代主义诗学"的论述，让我们可以把这些特征表述为张力，或者对立面之间的犹疑，哈钦的论述是一些其他讨论莫迪亚诺小说的基础，非常具有启发意义，同时我们自己在讨论《暗店街》中迷宫象征的时候，也希望借用这个论述并加以进一步阐释。

在给后现代主义下定义的时候，哈钦演示了它是如何对立于现代主义所优待的那些术语和概念以及它们的附庸，即"资产阶级自由主义"和"自由人文主义"。然而，后现代主义对这些价值的质疑并不是基于摧毁它们的目的，或者试图彻底消除它们，而是要去辩争它们在特定情境下的相关性，以及它们的普适性。后现代的艺术作品、建筑、音乐或者文学是矛盾的产物，其话语中整合了那些它希望批判的话语，但是它本身又要依赖于这些话语才能得以生存。譬如，在探讨文学中的后现代主义时，哈钦写了下面的一段话：

> 后现代主义小说把与（……）自由人文主义相关联的整个一系列相互联系的概念都置于拷问之下，这些概念包括：自主性、超越性、肯定性、权威性、统一性、总体化、系统、普遍化、中心、连续性、目的论、终局、等级制度、同质性、唯一性以及本原。（……）然而，拷问这些概念并不是为了否弃它们——只是为了质疑它们与经验的关联。（……）此事得以完成的过程也正是这些被质疑的概念被建立然后又被撤销（或者说被使用和滥用）的过程。

如此这般地把后现代主义定义为对现代主义价值和概念的"使用然后滥用"，以及"建立然后颠覆"，使得后现代主义成为了一个有用的密码，通过它可以看清那种张力，评论家们认为这张力存在于莫迪亚诺作品中所关联着的那些对立面之间。

正如我们已经看到的那样，珍妮·尤尔特表明了针对《暗店街》中后现代特色的一种解析方案是，去展现文本是如何一方面充分利用，另一方面又暗中破坏诸如"序列"、"因果关系"这样的概念，以及与驾驭侦探小说的（现代主义的）阐释性代码相关连着的"在一个实证主义的宇宙中归纳性结果的可能性存在？"对这部小说进一步深入探究，会发现通过迷宫的象征也同样可以揭露出潜藏在后现代之下的这种张力。正如我们即将发现的那样，莫迪亚诺的文本充分利用了佩内洛普·杜布在她对"迷宫之理念"全面彻底的考究中所详细描述的东西，即"迷宫内在的二元性：可以同时体现为艺术技巧和混沌迷局、秩序和紊乱、产品和过程（……）"换而言之，这象征存在于一物与其相对物之间张力的中心。在此文本中，失忆的侦探居依·罗朗寻找着他的过去以及他的身份，这一点被比作在迷宫中漫步，没有向导，也没有路标，或者起码可以说，没有一个完全毋庸置疑或准确无误的向导或路标。不过，尽管有着这种不确定性，居依还是被向前推进着，穿越了混沌，对读者也是如此。推动大家的是一种信念，坚信他所寻之物必然存在并且可以复原，也就是说，有一种暂时觉察不到的系统在建构着他的目标，这系统覆盖住了他那些努力中可以感知到的无序。正是通过把迷宫这一象征再现为"双重、对立性、悖论，（和）分歧之协和的原则"，以及为了有利于难以言说的经验，而对易于理解的阐释的最终破坏，使得莫迪亚诺对这一意象的操纵分享了后现代在秩序和混沌、终局和不确定性之间的犹疑不定，也参与了它为了青睐一端的术语而对另一端那些术语的最终摈弃。

不管任何时候，只要迷宫这一象征被唤起，无论是明确地还是隐晦地，这种张力就得以显现。虽然并不总是被贴上迷宫的标签，但是迷宫这一意象通过文本对如下事物的描写反复不断地被暗示出来：街道、建筑物、锁住的门、门廊、门厅，还有巴黎的公寓，以及后来的那些林中小径、通道和法国乡下的那些蜿蜒曲折的道路，叙述者在其中迂回穿梭，信步闲庭。另一方面，在两个明显相似的段落里，一些明确的能指直接意指着这一象征。在第一段中，叙述者刚刚从别人那里收到一些照片，他们可能属于也可能不属于他的过去，并且在这个过去中，他也许出现过，也许没出现过：

我站起来，走到窗前。

天黑了。窗户开向另一个四周有楼的大院子。远处是塞纳河，左边是皮托桥，以及向前延伸的岛。桥上车辆川流不息。我注视着大楼的这一个个正面，照得通明的这一扇扇窗户，它们和我站于其后的窗户一模一样。在这迷宫似的楼梯和电梯中，在这数百个蜂窝中间，我发现了一个人，或许他……

在第二个段落，居依收到一些人的有关信息，这些人他过
去也许认识，也许不认识：

> 我一直走到窗前，俯视着蒙玛特尔缆索铁道、圣
> 心花园和更远处的整个巴黎，它的万家灯火、房顶、
> 暗影。在这迷宫般的大街小巷中，有一天，我和德妮
> 丝·库德勒斯萍水相逢。在成千上万的人横穿巴黎的
> 条条路线中，有两条互相交叉，正如在一张巨大的电
> 动台球桌上，成千上万只小球中有时会有两只互相碰
> 撞。但什么也没有留下，连黄萤飞过时的一道闪光也
> 看不见了。

在这两个段落里，叙述者都身处让人心生幽闭恐惧
的公寓里，透过窗户向外俯视巴黎。这为他提供了一个巴
黎市的空中视角，这样的视角，按照格哈德·约瑟夫的说
法——他是在评论狄更斯作品中一个类似的二元现象时这
样说的——应该会减弱人们在平面街道上体验的那种迷宫
感。不过，这两段话都赋予了巴黎一个迷宫的特征，让其
成为一个通过道路把地点和物体随意连接在一起的集合。

这其中的每一个例子都同时包含了对叙述者过去的某个细节，因而也是他身份的暗指，同时与之相随的是一种暗示：所有提到的事件都发生过，所有提及的人物都被找到，尽管这个让人迷失莫名的城市世界设置了重重障碍。然而，使用"迷宫"这个词，使从高处获得的视角所具有的假定优越性受到了质疑，与之非常类似的是，对所发现的东西其绝对真值（absolute truth value）的担忧在叙述者的故事中弥漫着。在第一段中，"Et j'avais decouvert（...）un homme qui peut-etre"【我发现了一个人，或许他（……）】的后面接着三个省略的点，表明没能力或者不情愿去完成一个想法，而在第二段中，那个观察，找不到一丝一毫他与德妮丝相遇然后相知的痕迹（"但什么也没有留下"），它有助于让人意识到，尽管明显找到了一些相关的信息，但是这城市的混沌与紊乱折射了这种寻找的不确定性，以及其标的（object）的不连贯性。

最后，在这两段把巴黎和迷宫相比较的描述中，都使用了"dédale"这个词，例如第一段中"ce dédal d'escaliers et d'ascenseurs"（这迷宫似的楼群、楼梯和电梯），以及第二段中"ce dédal de rues et de boulevards"（这迷宫般的大街小巷）。这个法语词不仅表达了"迷宫"的结构，同时也在莫迪亚诺的文本中激活了克里特岛的迷宫神话，因为这个词源自建造克里特岛迷宫的建筑师的名字 ①，该迷宫是应受辱的国王迈诺斯之命，建于其宫殿之中并用来掩藏怪兽般的弥诺陶洛斯。同样是按照佩内洛普·杜布的说法，在一个文学文本中，通过对克里特岛迷宫的指涉而调动起来的东西，就成为了一个由相当稳定的成分所构成的互文本。至关重要的是，这个克里特岛神话提供了一个精心设计的多行网路结构，即这个迷宫是由一系列的十字路口和岔道所组成，它迫使走迷宫者在备选路径中不停地进行选择。另外，迷宫的中心囚禁着一个杂交性质的怪物。同样存在着一种可能性，即这迷宫式的困局是无法突破的（中心也许不能够抵达）并且/或者是无法解脱的（迷路者如果没有向导也许逃不掉）。最后，那位按照计划好的路线从无知走到领悟的男英雄 ② 在一个女向导 ③ 的帮助下，成功屠杀了怪物，并且全身而退。因此，当我们试图去解开这个神话的一个文本体现的时候，这个词看起来还是有所帮助的，因为它有助于决定所描述的到底是迷宫的哪一类经历，比如说，是忒修斯的经历，还是弥诺陶洛斯的经历，又或是代达罗斯的经历，以及就搜寻结果而言，这会有着什么样

---

① 指代达罗斯（Daedalus）。
② 指忒修斯（Theseus）。
③ 指克里特公主阿里阿德涅。

的暗示。

在《暗店街》中，叙述者对他自身经历的理解通过他对迷宫情节中的另一个主要玩家，也就是国王迈诺斯的女儿阿里阿德涅的指涉，得到了简单的暗示。居依使用了"阿里阿德涅线"这一措辞来指有关人物和事件的那些碎片化记忆，这些记忆都是回想自巴黎被占领的那些岁月，当时他还没有逃往山间小镇默热弗："引导我走出迷宫的正是所有这些东西。我的阿里阿德涅线。"当然，阿里阿德涅提供给了忒修斯那个线团，让他在杀掉弥诺陶洛斯之后找到走出迷宫的道路。有时，居依会把他的经历同忒修斯的并列起来，后者因为同阿里阿德涅的浪漫关系，接受了她的帮助并且在走出迷宫的路上成了"迷宫的解决者"。对这一方面的提及，暗含了居依自身的身份寻求可能会有一个成功的解答，并且尽管这寻求一开始就混沌不堪，但为文本预示了一个最后的连贯的终局。

除此之外，一些引发联想的细节也暗示着居依那遗忘了的过去中的情人，德妮丝·库德勒斯，同阿里阿德涅的形象有着联系，这一形象为他解释自身境遇提供了力量。例如，随着叙述者的发现，一些与线有关的活动与物体同德妮丝联系了起来。当他最初从她的前室友——她把他当作德妮丝过去的男朋友——那里得知她的存在时，他正站在她的旧公寓里，在那里她的剪裁或者女工缝纫的人体模型以及她的缝纫机还依然停放在角落里。他也最终搞清楚了，她过去是为一个时装设计师工作的，并且原打算在这间公寓里建立一个自己的工作室。然而，有关德妮丝的其他一些信息又是与此相龃龉的，或者使她作为阿里阿德涅的地位模糊起来，因而叙述者作为忒修斯的地位也得以被怀疑。例如，德妮丝家族的一个朋友——居依后来向其咨询过——认为她没当过女裁缝，而是一名模特。再者，她的姓"Coudreuse"（库德勒斯）包含了动词coudre，有"缝纫"的意思；然而，这个字的形式本身并不是表达女裁缝（couturière）真正的阴性词语，也不是一个同缝纫有关的阴性形容词，它只是看起来有几分像罢了。另一方面，德妮丝同时也被描述为曾经是侦探小说的热心读者，侦探小说除了在我们正在阅读的这部小说中作为戏中戏存在，同时也在隐喻意义上把她与那些拥有解答的谜团或者拼图，又或是……拥有出口的迷宫关联在一起。但是，在另一方面，我们也得知，正是德妮丝的失踪构成了围绕着叙述者身份之谜团的核心，从而使我们原本可以把她的地位固定为阿里阿德涅，或者作为解答和终局之媒介这一希望化为泡影。于是，德妮丝既"是"也不是阿里阿德涅，具有暧昧不清的双重身份，这种身份正好呼应着迷宫既作为混沌的场址也作为清晰的承诺这样的二元性。

有意思的是，文本中同时也描写了一个真正的迷宫，它既支持着也动摇着居依自己作为忒修斯的角色，使它成为了又一个在清晰和不可判定性、终局和非决定性之间形成的后现代张力的轨迹。居依有过一次漫步旅行，他先是沿着林中小径，然后穿梭于位于瓦尔布勒斯一个私家花园住宅里的那些房间和走廊，住宅里到处都是上了锁的门以及封闭了的楼道，居依认为他也许是在里面长大的，在这次漫步之后，他陪着园林照管人罗贝尔（"鲍勃"）来到后花园里，在里面有一个迷宫式树林，鲍勃称之为"迷宫"，两个人都走了进去。在接下来的叙事中，此迷宫的经历既引人入胜，又不至于让人迷失方向；它是同游戏以及快乐的童年联系在一起的；居依把它描述为一个"神奇迷宫"。最为重要的是，除此以外，它还是一个有人可以成功脱身的迷宫："我们走出迷宫时（……）"叙述者已经完全陷入了自己的想法，认为它是他过去的一部分，实实在在就是他的身份；它甚至"让他想起了某些事"："真怪……"他对他的向导说，"这座迷宫使我想起了一些事……"不过，当园林照管人不做回应的时候，叙事中就悄悄潜入了一丝疑惑："但他好像没有听见我的话。"事实上，不久以后，事情变得明朗了，居依并非是在这块地产上长大的那个人，这时他表示："很清楚，我不叫弗雷迪·霍华德·德·吕兹。（……）小时候从未在'迷宫'中玩耍。"这对于我们而言暗示着，他的身份并没有同一个有人脱身的迷宫相连在一起。因而，叙述者可以再次被解读为胜利了的忒修斯的化身，但同时可以不这样解读。

虽然叙述者作为忒修斯的象征性身份至多只能是牵强附会，不过其他的一些细节似乎在邀请着我们去把他的经历更加有效地与弥诺陶洛斯的经历等同起来。作为迈诺斯的妻子帕西菲与一头公牛交媾的产物，弥诺陶洛斯是以非自然的并且无法复原的二元本体性地位（unnatural and irreducibly dual ontological status）为其特征。一半是男人，一半是公牛，它是具有模棱两可和不确定身份的最典型人物，因为，拥有了双重身份几乎等同于一个身份也没有，这一点也恰恰正是叙述者的境况。这种体现在居依身上的不确定性，可以通过他在文本中前前后后采用的数个身份得以强化，但是这种不确定性最显著地被加以重复，是在他同时赋予自己双重身份的时候，一个是佩德罗·麦克埃沃依，另一个是吉米·佩德罗·斯特恩；就像弥诺陶洛斯一样，他真正是二元的。就像他在某一时刻声称的那样："我记不得这天晚上自己名叫吉米还是佩德罗，斯特恩抑或麦克埃沃依"。他成功地通过迷宫完成了他的探求，并且相应地解决了他模棱两可的身份，就相当于摧毁了他的"弥诺陶洛斯特性"，或者他身体里的"弥诺陶洛斯"。然而，正如我们已经暗示了的那样，叙述者永远也不会像胜利的并且身份整一的忒修斯那样全身而退；从对吉米·斯特恩的暗指，文本的最后一部分引领着我们前往居依将会调查的下一个建筑通道以及下一个房间，两者都令人好奇地，既位于文本的界限之外——因为故事在他没有抵达那里之前就结束了，也位于文本之内——因为它们通过文本的标题本身又回指着它。这个房间以及这个建筑通道构成了吉米在罗马的一条街上最后为人所知的地址——罗马暗店街2号。

那么，文本本身就是迷宫的组成部分，不仅是内容，同时也是话语。在叙述者不能明确地被等同于忒修斯，以及他同弥诺陶洛斯的相似性更为紧密——对它来说除了通过死亡，绝无逃离迷宫的可能——这样的事实之上，还存在着一些引人注目的迹象，它们表明了莫迪亚诺的小说不会解答，也不允许读者去解决它所提出的谜题。通过仔细探究另外一个人物——居依的前雇主C.M.于特——的事例，可以为我们提供更多莫迪亚诺处理迷宫这一象征的洞见。于特一直是叙述者的代理父亲；正是他给了叙述者居依·罗朗这个名字，并且为他提供了身份文件、一个护照以及一份工作。这个居依临时身份的来源及保护人，同时也是作为他的重影（double）而存在的：故事的开头交待他正从私家侦探的职业上退出，并且要前往尼斯，以期重新发现他自己的过去。通过他写给居依的那些信件——信件中他不断向居依更新着自己生活以及行动的新情况——我们似乎可以看到他的经历同他朋友的大相径庭。在尼斯的城市迷宫里，他，不像他的朋友居依，不停地邂逅着来自他过去生活里的一些人。相反，这些人他耳熟能详，并能清晰认出："奇怪的是，"他写道，"有时我会在一个路口碰到一个三十年未见过面的人，或者我以为已经故世的人。（……）尼斯是座鬼魂幽灵之城（……）"

此外，在找到了从前他祖母常常带他去借书的那家小俄罗斯教堂图书馆之后，于特申请了为这些藏书担任图书管理员的职位。于特对图书管理员这份工作的理解，不经意地呼应了格哈德·约瑟夫所概述的一个类似的二元对立，因为它假定了有两类努力，它们如果不是水火不容的话，起码也有着内在的区分，第一类努力是为了整理"骗人的东西组成的世界"，第二类努力是那些被设计出来以便整理"表达那些（骗人的）东西的语词"，也就是说区分了私下调查的迷宫以及图书馆显而易见的简单："历经沧桑之后，"

他说道，"（我没敢告诉神父我干过私家侦探的行当），我又回到了源头。"但是，正如下文会详述的那样，在莫迪亚诺后现代文本的世界中，身为一名图书管理员同身为一个私家侦探完全是一回事；如果在他的"起始"或"源头"的地方，于特找到的是图书馆，那么他就永远没有真正地离开过迷宫。

图书馆和迷宫的相似性嵌入了于特自己对于这家小教堂图书馆，以及他同馆藏书籍之间的联系所做描述的一些细节之中，同样也嵌入了这家教堂在居依自己的故事里所扮演的角色之中。首先，这个图书馆里的藏书为一套十九世纪的俄文书，于特几乎无法阅读它们，因为写作它们的语言"（他）有点淡忘了"，这样人们就会严重怀疑他整理这些书卷的能力，随之而来，我们对图书馆作为迷宫式经历无法挣脱性（inextricability）的矫正之物（antidote）的有效性也产生了深深的怀疑。其次，他把他在图书馆里的阅览桌同台球桌相比："房间中央有张台球桌似的大桌子（……）"专心致志的读者会从这个比较联想到莫迪亚诺小说中有关德妮丝·库德勒斯打台球，并且打得很好的多次描述。还是小姑娘的时候，在巴黎她父母亲公寓附近的餐厅里，在弗雷迪·霍华德·德·吕兹位于瓦尔布勒斯的花园住宅里，以及最后，在她消失以前，在邻居家位于默热弗的城堡里，德妮丝起初少年老成地玩这种游戏，长大后更是驾轻就熟了。她总是赢。台球这一象征的重要意义存在于一个段落里，在其中被暗示——这次是以电动台球的形式——同迷宫有着非常紧密的相似性。在一个上文已经讨论过的段落里，当时巴黎被类比为一个迷宫，现在迷宫转而被比喻为一个巨大的电动台球桌，它作为"电动台球"，既是也不是台球游戏：

> 在这迷宫般的大街小巷中，有一天，我和德妮丝·库德勒斯萍水相逢。在成千上万的人横穿巴黎的条条路线中，有两条互相交叉，正如在一张巨大的电动台球桌上，成千上万只小球中有时会有两只互相碰撞。

然而，对台球游戏的驾驭能力并不能保证一个人不会在迷宫中"迷失"，事实上，德妮丝确实迷失了。最后，正如叙述者发现的那样，一群年轻人——他过去曾经身在其中——的照片中有一张拍自一个婚礼现场，举办那婚礼的俄罗斯教堂同于特现在工作的教区图书馆实际上是同一个地方，对此他写道："于特在信中给我描绘过的那一座？有时会有神秘的巧合。"事实上，于特的图书馆，在这寻找的迷雾里，在迷宫的混沌中，一直以来都对其有所暗指。

同样，这一点对文本中那些作为于特的图书馆先兆的所有其他图书馆而言，也是所言不谬的。实际上，于特称之为侦探行当不可替代的工具之一，就是他那由人名录和电话号码簿构成的图书馆，"这些人名录和电话号码簿构成最宝贵、最动人的书库，因为它们为许多人、许多事编了目录，它们是逝去世界的唯一见证"。然而，这所谓通过电话号码簿来为过去整理秩序的方法，并没有相应地帮助叙述者驾驭他自己的过去：在居依成功地为一名消息提供者背诵出有关后者的家庭资料时，这位消息提供者评价道："亲爱的，你真是一本活《社交人名录》。"这已经是，在其他的访谈中，其他的一些消息提供者把神秘的居依称为"谜"以及"难题"之后的事情了。图书馆里的那些书卷参与了迷宫的构成，因为它们包含了一条条的人名、地名以及物体的名字，但是却没有表明它们是如何再现它们所反映的那个世界。熟识这些语词并不能获得驾驭那个世界的能力；与之相反的是，它们本身就是那个世界的组成部分。在对另外一个图书馆的暗指中——这个图书馆位于一家叙述者也许曾经入住过的酒店大堂之中——他想知道是否有一些来自他过去的线索会存在于它所拥有书卷的书页之间：

> 玻璃门书橱里摆放着一套 L. 德·维埃尔—卡斯泰尔撰写的《王朝复辟史》。一天晚上，上楼回房间前，我或许取了其中的一卷，并把当作书签用的信、相片或电报忘在了书中。但我不敢向守门人要求翻阅十七卷书，以便寻回自己的踪迹。

这些书，就像《暗店街》一样，包含着拼图的碎片，但是并不给出这些碎片该如何拼接成为一个整体的结论。那些历史书籍的标题，暗示着"复辟"的承诺，只不过是一场空幻罢了。正如玛尔雅·瓦赫伊姆在论述莫迪亚诺的"怀旧之情"时所写的那样："（它）的出现是渴望获得一种真实性、源头的确认，以及对它们的认同，但是实际上在那个时间里，这种确认是被视为不可能的。"

总而言之，《暗店街》通过迷宫的象征以及对克里特岛迷宫神话的招魂，从而让文本既安排有序，又悬而未决。叙述者驾驭他寻求身份之迷宫的可能性，在小说中自始至终既得到了保留又被暗中破坏。直到小说的结尾，并且通过文本中各式各样的要素，迷宫这一形象既维系了发现的秩序和终局，以及理解会战胜经历的混沌和歧义这一可能性，也同时侵蚀着我们对这种可能性的信念。读者最终所能知道的一切就是：文本本身暗含在这混沌之中，并且图书馆作为这种混沌局面可能的弱化因素实际上并没有提供一个出口，因为它本身就是一个既难以接近又无法阐释的文本集合。居依，同样如此，理解着这一切，但并不理解为什么会这样，这一点可以通过他写给于特的唯一一封信加以证明，当时他在信中是这样说的："我觉得一切都那样混乱无序，那样破碎不全……在寻觅的过程中，我会突然想起一件事的某些细节，某些片段……总之，或许生活正是如此……"

（刁俊春　译）